Editora
Charme

DE LA VEGA
é uma série
spin-off do livro
Namorado Por Acaso

MARIDOS
POR Acaso

ALINE SANT'ANA

1ª Edição 2023.

Produção Editorial: Editora Charme
Capa e diagramação: Verônica Góes
Imagens: Adobe Stock e Freepik
Preparação de texto: Andresa Vidal
Revisão: Equipe Charme

CIP-BRASIL. CATALOGAÇÃO NA PUBLICAÇÃO
SINDICATO NACIONAL DOS EDITORES DE LIVROS, RJ

S223

    Sant'ana, Aline
      Maridos por acaso / Aline Sant'ana. - 1. ed. - Campinas [SP] : Charme, 2023.
      100 p. ; 22 cm.   (De La Vega ; 4)

    ISBN 978-65-5933-136-9

    1. Romance brasileiro. I. Título. II. Série.

                CDD: 869.3
23-85516   CDU: 82-31(81)

Meri Gleice Rodrigues de Souza - Bibliotecária - CRB-7/6439

Editora
Charme

loja.editoracharme.com.br
www.editoracharme.com.br

Editora
Charme

DE LA VEGA
é uma série
spin-off do livro
Namorado Por Acaso

MARIDOS POR *Acaso*

DE LA VEGA - Livro 4

ALINE SANT'ANA

Dedicatória

Dedico este livro a todos que se apaixonaram pelos De La Vega.

Eu mesma, inclusive.

Obrigada por deixarem um espaço em seus corações para personagens tão especiais. Obrigada por me pedirem a história dos primos. Obrigada por viverem essas vidas com eles e comigo.

Eu sei que se despedir é difícil, então, vamos combinar de amá-los para sempre? Promessa de dedinho?

Com amor,

Aline

Capítulo 01

Porque todas as pequenas coisas que você faz
São o que me lembram por que me apaixonei por você.

New West — Those Eyes

Andrés

— Não é a classe econômica — Natalia comentou quando já estávamos entre as nuvens.

Ri baixo para não acordar a criança que estava dormindo no meu colo.

— Você não vai ser espremida por mim, *pasión* — eu disse.

— Se eu deixar o celular cair no seu pau magnético, *mi sueño*, já peço desculpas.

Eu quis gargalhar, mas segurei a vontade e lancei um olhar para Natalia, apontando com o queixo para o nosso filho.

— Não me faça rir ou ele vai acordar.

— Eu vou me comportar — prometeu.

— Não escute áudios eróticos.

— Ah, eu vou, sim. — Ela colocou os fones de ouvido e suspirou fundo, fechando os olhos. — O meu amor, o meu Secret.

Me inclinei e beijei a testa da minha *mujer*.

O voo estava lotado. Todos os De La Vega em peso estavam indo para Cancún, para o resort Moon Palace, que se tornou um destino importante depois de dois casamentos De La Vega terem acontecido lá.

Diego e Elisa. Hugo e Victoria.

Voltar para o Moon Palace depois de tantos anos com a minha família, tendo a minha própria agora, na verdade, era um sonho. Há muito tempo tentamos organizar essa viagem, mas nossas agendas nunca batiam. Quando eu estava de férias, Rhuan estava palestrando, e quando eu e Rhuan estávamos livres, Esteban estava viajando para um país aleatório para fechar contratos, e quando eu, Rhuan e Esteban estávamos livres, Hugo e Diego estavam presos em um algum caso que foi a julgamento.

Então finalmente, *Dios*, conseguimos viajar juntos.

Se não fosse o esforço das mães De La Vega, isso nunca seria possível.

— Se você desse atenção para mim, ao invés de ficar ouvindo o Secret gemer, seria legal — provoquei.

Natalia sorriu e tirou os fones de ouvido.

— Está com ciúmes de você mesmo, inspetor-chefe? — Suas sobrancelhas arquearam.

— Vai ficar me chamando assim agora só porque fui promovido?

— Não posso evitar, estou tão orgulhosa, amor.

— E eu estou orgulhoso de você, minha inspetora.

— Essas férias são merecidas. Agradeci tanto às mamães De La Vega por terem pensado em tudo. Não consigo acreditar que fretamos um voo maravilhoso como esse para todos da família. Meus pais, os pais da Vick, da Elisa, da Laura, da Nicki, e mais os seus pais e dos primos, o lado Reed do Hugo e do Diego, e mais os lados maternos dos outros De La Vega. É tão especial viver esse momento com você.

— Acha realmente especial, *pasión*? — Fiz uma pausa, sorrindo de lado. — Está ouvindo meu pai reclamar do protetor solar?

Ao fundo, meu pai, Yago, estava falando com Murilo, pai do Esteban, e Lorenzo, pai do Rhuan, sobre o calor "infernal" do México, reclamando que a tia Hilda era maluca de levar todo mundo para um resort na alta temporada. Natalia soltou uma risada, enquanto Hilda dizia que tinha falado com Vick para que o resort fosse fechado para a família.

— Está tudo certo — Vick prometeu. — Eu, Laura e Esteban falamos com o sr. Ávila, dono do resort, e ele garantiu que as portas do Moon Palace estarão fechadas. É só nosso.

— Eu paguei por tudo — Hilda se gabou.

— *Nós* pagamos por tudo — o marido da Hilda, meu tio Lorenzo, resmungou.

— Na verdade, foi o dinheiro de todo mundo — Rhuan alfinetou. — Dá pra gente relaxar? Meu filho está tentando dormir.

— O meu também — falei.

— Isso parece tanto com o dia em que nos conhecemos. — Natalia riu.

— A diferença são os bebês. — Sorri.

— Três gerações da família De La Vega juntas. — Natalia fez cafuné no cabelo escuro de Tadeo, que estava dormindo profundamente. O mundo poderia cair que ele não acordaria.

Tadeo era uma mistura de nós dois. Seu cabelo era tão escuro quanto o meu, a pele do mesmo tom bronzeado da minha — a pele de um De La Vega. E apesar do rosto redondo de bebê, ele tinha as maçãs do rosto bem evidentes. Mas seus olhos eram no formato e na cor dos de Natalia, com as íris verdes. Seus lábios eram tão cheios quanto os da sua mãe, e o nariz era idêntico ao da Nani. Ele tinha traços suaves, era a soma perfeita das nossas melhores características.

Tadeo De La Vega era tão lindo que, quando ele nasceu, pensei que nada do que eu poderia imaginar chegava perto da realidade.

Com os familiares ainda falando alto, soltei um suspiro e pensei em uma coisa, quando olhei para a minha *mujer*.

— Pelo menos ninguém tocou no assunto de... — Não consegui terminar de falar, porque tia Hilda surgiu como uma fênix.

— Ainda não consigo entender como vocês estão com filhos nos braços, mas não se casaram.

— Mãe... — Rhuan gemeu.

— Relaxa, tia Hilda — a voz de Esteban soou.

— Desista, tia Hilda — foi a vez de Hugo. — Eu já desisti.

— Eu ainda tenho esperança — Diego falou.

Foi a vez de Natalia respirar fundo.

— Pablo e Daniel vão chegar ao resort amanhã. Consuelo também virá.

— Fico tão feliz que eles possam vir também, *pasión*. Vamos nos divertir.

— É? — Os olhos da minha linda *mujer* se estreitaram. — Imagino que com eles vamos, sim, mas e o nosso tipo *particular* de diversão?

— Eu, você, minha voz no seu ouvido... — Umedeci os lábios.

— Está querendo me engravidar de novo?

Não aguentei, e ri mais alto do que deveria.

— Você sabe a resposta. — Meu coração acelerou.

Seus olhos eram o meu universo favorito.

— A gente vai conseguir, *mi sueño*.

— Uhum. — Me inclinei um pouco e toquei os lábios nos seus. — Nós vamos.

Eu e Natalia queríamos o segundo filho, mas ainda não tinha acontecido. Tadeo tinha pouca diferença de idade dos primos — alguns de meses, e outro de no máximo um ano e meio. Agora com quatro anos, queríamos que ele fosse o irmão mais velho. Eu queria uma família grande, queria que os De La Vega da próxima geração nunca se sentissem sozinhos, como nunca me senti, mesmo sendo filho único. Ainda assim, queria que Tadeo tivesse primos e irmãos, e que meus sobrinhos de coração pudessem ter irmãos também. Eu queria apenas o melhor para aquela família, e a cada dia que passava, sentia que minha vida estava apenas começando.

Ainda com minhas duas profissões, meus dois mundos, com a minha linda garota e o meu filho nos braços, queria tudo o que o "felizes para sempre" pudesse me proporcionar.

— Eu te amo, Anônima.

— Eu te amo, Secret.

Dei uma piscadinha para ela.

— Pode soltar o cinto, amor. Já decolamos há um tempo — avisei.

— Perco a noção do mundo inteiro quando estou ao seu lado. Nunca vou me acostumar a te amar tanto assim.

— Daqui a uns dez anos, talvez?

— Vinte. — Ela abriu mais os olhos. — Vinte ou trinta.

— Eu realmente te amo com tudo de mim.

Natalia tocou o meu rosto.

— Vamos aproveitar essas férias.

Capítulo 02

Um olhar e eu não consigo respirar
Duas almas em uma só carne.
Ross Copperman — Hunger

Esteban

Férias.

Puta madre, não consigo acreditar que nossas agendas finalmente se encaixaram.

Assim que pousamos, fomos para o quarto deixar as malas, colocar roupas de banho e ir para a piscina. Diego e Hugo estavam brincando de pega-pega com as crianças, Victoria estava conversando com os pais e as mães. Andrés estava rindo com Natalia de alguma coisa e Rhuan foi até o restaurante com Verónica ver o que tinha para o almoço.

Laura, relaxando na espreguiçadeira, soltou um suspiro enquanto Camila, nossa filha, estava sentada em cima da minha barriga, passando protetor solar no meu rosto. Zelda e Akira estavam passeando ao nosso redor; eu sabia que elas não iriam longe, até porque estávamos em uma área cercada.

Enfim, trazê-las foi a melhor coisa que eu tinha feito.

Senti uma coisa gelada na ponta do meu nariz.

— Amor do papai...

— Estou *espaiando*.

— Eu sei, bebê. — Sorri. — Mas você vai cobrir minhas narinas e não vou conseguir respirar.

— O que é *nalinas*, mamãe?

Laura sorriu para a nossa garotinha.

— Esses buracos escuros e peludos no nariz do seu pai.

— *Hermosa*...

Laura riu.

— Papai não é *peudo* — Mila me defendeu. — Zelda é *peuda*.

— É, a Zelda é peluda. — Eu estava sorrindo quando parei suas mãozinhas um instante antes que Mila enfiasse protetor solar no meu olho. Os olhos verdes como os meus e de Laura e os cabelos cacheados da mãe a faziam parecer um anjo. Camila era tão geniosa quando Laura (e eu, tudo bem, vamos ser justos), mas sua beleza era de outro mundo. — Quer brincar de pega-pega com os tios Hugo e Diego?

Como se a ideia fosse mil vezes melhor do que ficar comigo, Mila pulou da minha barriga com pressa e saiu correndo em direção a Hugo. Ela caiu no meio do caminho, e meu coração ficou apertado pensando que ela podia ter se machucado.

Ay, mierda.

Estava prestes a sair da espreguiçadeira quando Mila se levantou, como se nada tivesse acontecido, e correu para os braços de Hugo, que a pegou no colo. Claro que ele era o tio favorito dela. Perdi a conta de quantas vezes ela se esgueirou no apartamento do meu *hermano* para fazer festa do pijama com seu primo Adrian.

Olhei para o lado e vi minha noiva com a mão no coração.

— Eu me esqueço às vezes que, se fizermos um escândalo porque ela caiu, é aí que a Camila começa a chorar. — Laura suspirou.

Eu ri, segurei sua mão e semicerrei os olhos.

— Sorria e acene cada vez que nossa filha escorregar, *hermosa*. Rhuan explicou que a pior coisa a se fazer com uma criança nessa idade é começar um escândalo. Lembra?

— Rhuan disse que temos que aprender a acolhê-la quando ela chorar, e entender que as birras e os gritos...

Camila e todos os meus sobrinhos começaram a gritar enquanto fugiam dos meus *hermanos*, Hugo e Diego. Laura se interrompeu e balançou a cabeça.

— Ser mãe é muito maluco, *hermoso*.

Gargalhei.

— Ser pai é maravilhoso.

— Você acha? — Laura tirou os óculos escuros e me observou com carinho.

— A vida toda com você é perfeita, linda. — Deslizei os olhos por seu corpo, o biquíni verde-claro que combinava com a cor dos seus olhos, agarrado em suas curvas.

Nunca me cansaria da Laura.

Porra, nunca.

Observei as crianças e relaxei porque estavam correndo na grama e ao redor da piscina, que, graças a *Dios*, tinha uma grade que as impedia de cair nela. Vi Camila pegar na pequena mão de Vinicius, filho de Rhuan e Nicki, e depois segurar com a outra a de Juliana, filha de Elisa e Diego. Os três saíram correndo de mãos dadas atrás de Adrian, o garoto da Vick e Hugo, e Tadeo, filho de Andrés e Natalia. Fizeram isso gritando por todo o caminho. Akira estava pulando no meio das crianças e latindo como nunca, adorando a festa. Zelda estava deitada ao sol, com as patas da frente cruzadas, como se não fosse se dar ao trabalho de brincar. Ela ficou cinco minutos até vir para perto de nós se refrescar na sombra. Tomou água da vasilha e bufou, exausta.

Fiz carinho nos seus pelos macios quando se deitou de barriga para cima, e olhei para a minha *hermosa*.

— Você se lembra do meu parto? O quanto te xinguei? — Laura começou a rir. — Nunca mais me deixe ter parto natural, Esteban. Estou falando sério.

Gargalhei com a lembrança.

— Porra, você quase me quebrou, Laura.

— Era pra eu agarrar a sua coxa.

— É, você errou. — Quase me encolhi, lembrando-me da dor.

— Imagina se não pudéssemos fazer mais bebês!

— Podemos fazer quantos quisermos e... — Parei. — É sério que, depois de todo esse tempo, descubro agora que você só estava preocupada com o meu saco? E se o Estebanzão não existisse? Vou abrir um chamado na Central de Reclamações.

— Eu sempre vou ter o Thor e os irmãozinhos dele.

Gargalhei.

— Eles nunca vão rebolar dentro de você, *hermosa*.

— É, verdade. Ok, eu me preocupei com o seu pau também.

— Não parece. — Sorri de lado. — Fiquei tão, tão triste agora. Não quer fazer um carinho para se desculpar?

Laura bateu na minha barriga, e arquejei com a gargalhada que escapou de mim.

Elisa foi a primeira a engravidar, seguida por Victoria. Elas tiveram filho nove meses antes de Laura e Verónica descobrirem a gravidez. Sim, elas descobriram na mesma semana. O mais chocante foi que, uma semana depois, foi a vez de Natalia anunciar que também estava grávida.

Com uma diferença de dias, Verónica deu à luz a Vinicius, em Madrid, então, depois de pouco tempo, lá estava eu nos Estados Unidos, pirando, quando as contrações da Laura começaram. E tínhamos optado por um parto humanizado e natural, na sala do nosso apartamento. Foi aí que quase virei um eunuco. Duas semanas se passaram, e foi a vez de Natalia ir correndo para o hospital porque a bolsa havia estourado. Tadeo queria vir ao mundo.

E, de repente, tínhamos três bebês recém-nascidos, e mais dois com um ano e meio, a primeira leva dos novos De La Vega. Eu brincava dizendo que foi produzido o primeiro lote e depois o segundo.

Porra, ninguém tinha planejado isso. Aconteceu. E como tudo com os De La Vega, parecia muito com um golpe do acaso. Quando contávamos essa história, todos os nossos amigos diziam que não era plausível, que não é tão fácil engravidar, blá, blá, blá.

Como *infierno* havíamos conseguido essa proeza?

Não sei, pergunte aos deuses da fertilidade. Como eu vou saber?

As crianças tinham no máximo um ano e meio de diferença, eram saudáveis, felizes e arteiras.

Eu estava tão grato, *mierda*.

Especialmente pelo amor que sentiam um pelo outro, que fazia a distância dos Estados Unidos à Espanha ser um mero detalhe.

De longe, vi os pais das nossas mulheres conversando com os pais De La Vega e Vick. Pareciam estar falando algo que não queriam que ouvíssemos. Os pais da Laura não paravam de lançar olhares e sorrirem para nós.

Franzi o cenho.

— Está rolando alguma coisa que não estou sabendo?

— O quê? — Laura relaxou na espreguiçadeira, seus olhos presos em Camila, que estava nas costas de Adrian, brincando de cavalinho, enquanto ele corria com ela pela área externa. — Por quê?

— Por que todos os pais estão juntos com a Vick?

Laura finalmente desviou os olhos da nossa filha. Por apenas um segundo. Antes de voltar para Camila.

— Devem estar planejando alguma festa. O Moon Palace tem uma área exclusiva para eventos; vi Vick fazer algumas ligações meses antes da viagem. Você sabe, seus pais são festeiros. Os pais de todos os De La Vega são festeiros. E eles corromperam a família de Elisa, Victoria, Natalia, Verónica e a minha, diga-se de passagem.

— Uma festa? — pensei. — Tem algum aniversário essa semana?

Laura congelou por um segundo.

— Esteban, nossa família é enorme! — Ela se sentou, de repente, e pegou o celular. Prendeu a respiração. — Ah, *ufa*. A agenda do Google diz que não.

— Tem certeza de que anotou a data de todo mundo? Nossos sobrinhos, nossos irmãos de coração, todos os pais, os tios, os avós das meninas e...

— Tenho. Eu anotei. Não tem ninguém fazendo aniversário. — Laura parou. — Que estranho. Bem, talvez seja apenas uma festa para comemorarmos a união da família nessas férias.

— Ah, deve ser. — Fiz uma pausa. — Tem mais parentes para chegar. Fiquei sabendo que Pablo e Daniel também virão com os gêmeos.

— Eu amo os amigos da Natalia. — Laura sorriu. — Amo aquela família.

— Eu também.

— Vamos apenas aproveitar, lindinho. — Laura relaxou.

— Está falando sério?

— O quê?

— Acabou de usar *comigo* o apelido que usava com os babacas quando era solteira?

— É que você é o meu lindinho *especial*. — Piscou, fazendo-me rir, embora eu estivesse puto.

É, nós seríamos sempre assim. Sempre nós.

Peguei o celular e abri a Central de Reclamações.

Eu: Gostaria de abrir um chamado. O apelido lindinho nunca mais deve ser usado com o Esteban, o noivo supremo, o homem mais gostoso da galáxia, o amor da vida da Laura Ingrid Hawthorn. Esse apelido é passado, e jamais deve ser citado como forma de demonstrar amor. É considerado um insulto. Além do mais, se Laura não se comportar, precisarei tomar medidas drásticas, como jogar Thor e os irmãos dele pela janela.

Laura segurou a risada, mas digitou de volta.

Poderosa Noivinha: Sr. De La Vega, recebemos a sua reclamação. Vou encaminhar para o setor responsável, vulgo cérebro da Laura, para processar a informação e apagar o apelido lindinho do vocabulário. Além de hermoso, há algum nome que o senhor goste de ser chamado, para conseguirmos cuidar do seu coração da melhor maneira?

Eu: Meu amor. É brega, mas eu gosto.

Poderosa Noivinha: Ok, sr. De La Vega. A sua reclamação foi devidamente processada e Laura garantiu que o chamará de amor, meu amor e hermoso. Há algo mais em que eu possa ajudar?

Não havia coisa mais preciosa do que isso. Do que nós.

Eu: Quero um beijo. Um beijo gostoso.

Laura se levantou da espreguiçadeira, deixando o celular, e se sentou no meu colo. Ela passou os braços ao redor dos meus ombros, nossas peles quentes do calor do México. Um sorriso completo se formou nos seus lábios antes de ela sussurrar contra a minha boca.

— Com prazer, meu amor.

E me beijou, fazendo minha cabeça girar, como sempre fazia, como sempre seria.

Aquele amor? Ah, aquele amor seria eterno.

Capítulo 03

Querida, estou muito feliz
Por ter você ao meu lado.
Echosmith — Surround You

Rhuan

A vida com Verónica era espetacular. A conexão que tínhamos, com os anos de convivência, me fez entender Nicki de uma forma que eu não compreendia mais ninguém. Lia em seus olhos todas as suas dores e todos os seus prazeres. E, *puta madre*, eu desejava apagar todos os vídeos que fiz sobre a paixão ser passageira.

Estava ainda mais apaixonado por ela hoje do que anos atrás, quando desci da porra de um helicóptero e a pedi em casamento.

Na verdade, louco por ela.

Vê-la grávida de Vinicius, beijar sua barriga, estar no nascimento dele, enxergar em seus olhos o amor incondicional. Depois, assisti-la sendo uma mãe maravilhosa, sonhando com um futuro de ao menos cinco filhos, e toda a nossa vida em casa, nosso carinho e respeito um com o outro, e o desejo que não acabava nunca... isso mantinha a chama acesa como se estivéssemos em um incêndio que nunca fosse ter fim.

Eu a amava, como se todos os amores do mundo não pudessem alcançar o que eu sentia.

— Estava pensando em como fomos parar aqui. — Verónica sorriu, enquanto eu entrelaçava minha mão com a sua embaixo da mesa.

— É, eu também — murmurei. Me aproximei e dei um suave beijo em seus lábios. — Estava pensando que te amo mais hoje do que quando te pedi em casamento.

— Também te amo muito mais hoje do que naquela época, *bello*. Tudo o que eu quero é passar o resto da vida com você.

— Precisamos fazer o nosso casamento acontecer — sussurrei, para que ninguém mais ouvisse, só ela.

— Nossos pais querem uma festa grande.

Dei de ombros.

— Talvez a gente precise fazer do nosso jeito: simples, discreto e perfeito. — Coloquei a mão na sua coxa, e os olhos da Nicki brilharam. — Quero te chamar de sra. De La Vega todas as manhãs.

— É? — Vi seu olhar faiscar. — Só de manhã?

Eu ri, porque eu sabia muito bem o que ela queria que eu fizesse.

— E à noite, no quarto... — me interrompi. — Seu celular está tocando, *dolcezza*.

Ela pediu licença, saiu da mesa e foi atender o que provavelmente seria um dos gerentes do Enigma.

A questão era que não só era emocionalmente, mas a vida profissional com Nicki era maravilhosa. O Enigma tinha três filiais, e Nicki e eu estávamos em uma etapa de apenas acompanhar, com gerentes muito competentes que só passavam atualizações. Minhas palestras se tornaram mais recorrentes também, as consultas mais caras, e eu fazia minha agenda de acordo com o que eu podia, porque me concentrava em passar meu tempo com Verónica e nosso filho, Vini.

Dios, ele era a coisa mais preciosa que já fizemos.

Com os cabelos loiros da mãe e da avó, e meus olhos verdes, o garoto era o centro do nosso mundo. Gostava de brincar, tinha opinião própria e era fascinado por viagens. Na verdade, fomos duas vezes para o Marrocos porque Vini apontou para o destino no mapa e disse que queria ir. Nicki e eu brincávamos que o nosso Vini seria capaz de transformar o Enigma em uma franquia de clubes internacionais e, se tivéssemos sorte, nosso legado seria passado para outras gerações, mas quando chegamos ao Marrocos e fomos participar de algumas causas humanitárias, sentimos que foi o acaso que, mais uma vez, nos levou a um futuro traçado pelo destino.

Foi a paixão por viagens do Vini que nos levou a uma nova paixão.

— Me ligaram e disseram para termos paciência. — Nicki voltou para a mesa, com um sorriso enorme, mas um pouco apreensiva, enquanto todos conversavam ao mesmo tempo durante o almoço. Eu estava observando Vinicius comer muito bem com a colher, enquanto ele falava com os primos. Flagrei o olhar apreensivo de Nicki e beijei sua testa.

— Vamos receber, *corazón* — prometi. — Disseram mais alguma coisa?

— Não — respondeu baixinho. — Eu só a quero conosco, *bello*.

O que descobrimos no Marrocos foi uma parte dos nossos corações. Acabamos em uma ONG que acolhia crianças refugiadas, porque pretendíamos fazer uma doação para ajudá-los a comprar mantimentos e itens básicos de higiene, mas assim que a vimos, foi amor à primeira vista.

Soraya tinha olhos cor de mel, pele oliva e os cabelos ônix mais lisos e lindos que eu já tinha visto. A garotinha, da mesma idade que Vinicius, virou sua melhor amiga em algumas horas. Vinicius perguntou se ela poderia ser sua irmã.

No meu coração e no coração de Nicki, ela já era nossa.

Mas o processo de adoção internacional era burocrático. Não ajudava em nada o fato de termos um clube noturno. Apesar de termos tudo o que as pessoas querem: uma família imensa e estabilidade financeira e emocional, a agência de adoção que estava intermediando o processo, lá em Madrid, disse que deveríamos ter escolhido uma criança da nossa cidade.

Mas o amor escolheu a Soraya. Nosso filho escolheu a Soraya.

Não íamos desistir.

Queríamos, futuramente, adotar uma criança de Madrid, e talvez da América do Sul, e engravidarmos uma segunda vez. Mas íamos com calma, no tempo certo, e agora era o momento de Soraya chegar. A ligação que estávamos esperando decidiria se a traríamos para Madrid, para nós.

— Não fiquem tensos. — Hugo, que estava ao meu lado, tocou meu braço. Ele e Diego também estavam nos ajudando com a papelada, mesmo à distância. — Vai dar certo. Se não hoje, amanhã. Ou depois. Relaxem.

— Como sabia, *hermano*?

— Não é só você que sabe ler as pessoas. — Piscou para mim.

— Tudo bem, vamos nos divertir — resolvi.

Minha noiva abriu um de seus sorrisos confiantes.

— Nós vamos nos divertir porque nossa Soraya vai chegar — Nicki disse, com os olhos marejados.

E Vinicius, sendo a luz das nossas vidas, começou a gargalhar de algo que seu primo Tadeo disse. Eles eram muito grudados, melhores amigos. Era lindo ver como o elo dos De La Vega era forte.

— Papai! — ele me chamou. — Papai! — repetiu. Saber psicologia tinha me preparado muito para ser pai. — Tadeo disse que o céu é azul porque alguém pintou.

Abri um sorriso. Eu queria rir, mas isso invalidaria a opinião de Tadeo.

— É, filho? — Lancei um olhar para Vinicius e, depois, para Tadeo. — Por que você acha que pintaram o céu?

— Porque eu pinto as coisas também, então alguém deve ter pintado, né? — Tadeo explicou. — Os anjinhos, mamãe falou, pintam o céu.

É, até porque seria muito complicado explicar para uma criança de quatro anos que os raios do sol atingem átomos dos gases nitrogênio e oxigênio, refletindo todas as cores, mas a que reflete mais é o azul. Mas eu não gostava de mentir para o meu filho, nem para o meu sobrinho. Então, contei a verdade, de uma forma que entendessem.

— É, sim — concordei, e meu filho ficou surpreso. — Na verdade, vocês já ouviram falar sobre o sol? A bola amarela e grande que fica no céu?

Os dois assentiram, atentos. Eu sorri.

— Os anjos pegam a luz do sol e trazem para cá, transformando em um arco-íris de cores — continuei. — Só que a cor que mais dá para ver é o azul.

— Viu? Mamãe estava certa — Tadeo falou para Vinicius.

Meu filho, muito perspicaz, concordou.

— Papai sabe de tudo.

— Eu amo vocês. — Sorri.

— Você é tão bom nisso que às vezes fico assustada — Verónica sussurrou para mim. — Eu jamais saberia o que dizer.

— *Dolcezza*, eu sempre sei o que dizer.

Minha mãe estava gargalhando ao lado do meu pai e dos pais de Nicki, enquanto tomavam *clericot*. Estava pensando no que fazer depois de almoçarmos: eu teria que levar Vini para cima, dar banho e então colocá-lo para dormir com os avós. Enquanto ele estivesse lá, eu poderia aproveitar minha esposa...

— Meu neto comeu tudo? — minha mãe perguntou.

— Comeu — Nicki respondeu, sorrindo. E mostrou o prato vazio.

— Vai ser um garoto forte e saudável, *ma pensa*! — o pai da Nicki gritou de felicidade. — Quando vamos dar vinho para ele? — Então, respondeu sozinho. — Acho que seis anos é uma idade boa. Já podemos mostrar o lado italiano do sangue. Sei que sou minoria, mas o gene italiano é bem forte! — Meu sogro gargalhou e sua esposa bateu no seu ombro.

— Não vai dar vinho para a criança.

— Ele precisa comer brócolis, beterraba... — minha mãe começou.

— Boa sorte, mãe — falei. Mas fiz uma concha com a mão e cobri os lábios, para ele não ver. — Eu corto os legumes e misturo na sopa. — Abaixei as mãos. — Os nutrientes estão em dia.

— Ah, ótimo. Ele está bem corado — meu pai observou. — Foram ao pediatra esse mês?

Respirei fundo.

— Vinicius De La Vega está completamente saudável — Nicki garantiu. — Prometo a vocês.

— Mudando de assunto... — minha mãe começou. — Todos sabem que vou dar uma festa no resort, não é? Não quero atrasos.

— Que festa é essa, hein? — Esteban perguntou. — É para comemorar que estamos juntos em família?

— Claro! — Hilda desconversou.

Eu conhecia minha mãe, e sentia que ela estava escondendo alguma coisa. Antes que eu pudesse perguntar, no entanto, nossos amigos apareceram.

Primeiro, vi Pablo e Daniel com os gêmeos de seis anos, Martin e Marco, se jogando nos braços da Natalia como se não a vissem há tempos, mesmo que fossem vizinhos. Então, abraçaram Andrés e todos os primos De La Vega, derramando elogios que eram muito bem-vindos. A comandante da delegacia do Andrés, Consuelo Gutiérrez, se aproximou com o marido e abraçou nossa família. Eu me lembro de ela ser muito reservada quanto a se aproximar de nós, mas agora era da família. Os amigos de Laura e Esteban, algumas pessoas do trabalho, como Tales e sua esposa, o garoto que eles tiveram, e mais os amigos que eram em comum com a Victoria, como Bianca, e a secretária de Hugo e Diego, Maddy.

Foi então que vi Rafael, o cara que foi o nosso cupido e que é um dos nossos melhores amigos, com sua esposa Selena, e Carla, a filha deles. Ele abraçou Nicki primeiro, e então veio me dar um abraço apertado também. As outras amigas de Nicki, como Katarina e sua família, não puderam vir. Mas eu sabia que a amizade mais forte tanto para Verónica quanto para mim, era o Rafael, a ponto de eu saber que, quando nos casássemos, ao lado das madrinhas, que sem dúvida seriam as mulheres De La Vega, Rafael estaria lá. Quando ele se casou, nos pediu para sermos seus padrinhos.

Por causa desse elo estreito, nos falávamos toda semana. Carla e Vinicius eram amigos e, sempre que nos reuníamos, perdíamos a noção das horas. Selena era uma mulher agradável, doce e gentil.

— E aí, Rhuan — Rafael me cumprimentou, batendo no meu ombro, com um sorriso enorme. — Caramba, você não mentiu quando disse que esse lugar é o paraíso.

— Eu avisei. — Sorri de volta. — Como você está? Fez boa viagem?

— Fizemos, sim, mas Carla não parava de falar sobre este lugar. Olha, ela está tímida, mas quer muito entrar na piscina. — Fez uma pausa. — Filha, não vamos agora.

— Mas, pai...

— Agora não — ele repetiu, e suspirou. Então, sorriu de novo para mim. — Tinham mesmo que fechar o resort, não é? Deus, quanta gente.

— É a família De La Vega, e mais... várias outras famílias.

Rafael sorriu.

— Eu sei. — Então, analisou o meu rosto. — Receberam a ligação? Não quero perguntar a Nicki, porque sei que...

— Ainda não.

— É, imaginei. — Rafael tocou no meu braço. — Tenham paciência. O momento certo vai chegar. E, cara, para de enrolar e casa logo. Quero comer bolo.

— Sobre isso...

— É o que eu falo para ele! — minha mãe se meteu. — Oi, Rafa, querido.

— Oi, sra. De La Vega. Tudo bem?

Ela balançou a mão no ar.

— Hilda, pelo amor de *Dios*. Até quando você vai me chamar assim? Sou avó, mas não sou velha.

Ela era uma jovem senhora. Mas eu não ia arriscar dizer para receber um safanão na nuca, como quando era criança.

— Hilda, eu tento, mas meus pais me matariam se me vissem chamando-a de Hilda, ou usando você, ao invés de senhora. — Rafa sorriu. — Bom, vou me sentar e almoçar. É muito bom estar aqui, Rhuan.

— Sempre estarei aqui.

E era mesmo, sempre.

Se não fosse por Rafael, Nicki e eu não estaríamos juntos agora.

Ao fundo, vi Elisa e Diego saírem da mesa e irem dançar quando uma música latina começou a tocar. Eu ri, relaxado, enquanto observava minha esposa conversando com Selena sobre a alimentação das crianças. Lancei um olhar para o meu filho, que estava com a boca toda suja do picolé de chocolate que Esteban tinha dado para as crianças.

Antes de umedecer o guardanapo de pano e limpá-lo, pensei que a vida era louca.

E fantástica.

Capítulo 04

E eu sei que todos os dias você diz
Mas eu só quero que você tenha certeza
De que eu sou sua.
Ella Henderson — Yours

DIA 2

Andrés

A noite no resort foi com música, alguns drinques, as crianças dormindo com os avós no quarto e apenas a nossa geração dos De La Vega com suas mulheres e amigos. Era bom demais relaxar.

Acordei com Natalia em meus braços, seu corpo quente, e imediatamente me veio à cabeça a noite intensa que tivemos. Na banheira de hidromassagem, nos perdemos completamente no corpo um do outro. Ela estava sonolenta, mas com os olhos abertos, quando beijei sua testa e dei bom-dia.

— Bom dia, amor — respondeu. — Preciso fazer xixi e ir ver se Tadeo já acordou.

As crianças estavam com os avós, sendo mimados, mas eu entendia a Nani. Sentia falta do meu filho e queria vê-lo.

— Vamos nos vestir, *pasión*.

O café da manhã parecia tão agitado quanto a delegacia ficava em meio a um novo caso. Todos falavam ao mesmo tempo, comiam, algumas crianças choravam, outras estavam correndo para fugir de comer, os tios e pais ficando malucos, e eu fiquei ali, sentado, absorvendo o caos.

Assim que vi o trio maravilha — a mãe de Esteban, a minha mãe e a de Rhuan, a líder da quadrilha —, se levantar com uma taça de suco de laranja na mão, batendo com uma colher de prata suavemente para chamar nossa atenção, eu soube, pela cara da minha tia, que tinham aprontado alguma coisa.

— Queria chamar a atenção de todos para um anúncio — falou, o queixo empinado para cima, sorrindo com malícia. — Quero separar os meninos das meninas. Quero que tirem um dia de férias um do outro. O amor é lindo, mas sentir saudades é incrível. Não se preocupem com as crianças. Nós, os avós, vamos tomar conta de tudo.

Foi a primeira vez que ouvi silêncio absoluto.

— Diego, Hugo, Andrés, Esteban e Rhuan, eu quero todos vocês separados de suas parceiras, divertindo-se com seus amigos e, especialmente, quero dar uma folga para as mulheres de vocês, que não aguentam mais viver grudadas. Vocês acham que é fácil lidar com um De La Vega todos os dias? — Hilda continuou seu discurso, como se tivesse treinado aquilo durante meses. Lancei um olhar para a minha mãe, e ela parecia tão impassível quanto. — Escolhemos um... como é o nome mesmo, Maribel? — perguntou para a mãe de Esteban.

— *Spa Day* — disse em um inglês imperfeito, lendo uma espécie de panfleto.

— Isso, dia de SPA. Separamos um dia de SPA para as meninas e suas amigas, e para os meninos e seus amigos, e quero que não se vejam hoje, não se preocupem com as crianças e não façam nada além de descansarem — arrematou. — E vai todo mundo dormir em quartos separados também.

Todos os homens De La Vega da minha geração se levantaram.

— Ninguém vai dormir separado, mãe — Rhuan falou, ao mesmo tempo em que todos os meus primos diziam:

— *Puta madre*, tia Hilda. Não faz isso. — Foi Esteban.

— Tia Hilda, com todo o respeito, eu acho que não... — Hugo tentou.

— Não consigo dormir sem a Elisa. Nós somos casados! — arfou Diego.

— Não me vejo passando a noite em uma cama em que Natalia não esteja — finalizei.

Hilda piscou, impassível.

— Conversei muito com os De La Vega, e com os pais das meninas, e vocês estão muito juntos! Precisam sentir falta um do outro para o amor continuar florescendo.

— Nós é quem decidimos isso, mãe. Você, a louca do romance, que escuta Michael Bolton na cozinha, está mesmo falando sério sobre separar os casais? — Rhuan grunhiu.

— Eu já paguei! — Hilda afiou o olhar para Rhuan. — E você, mais do que todos, deveria saber que o autocuidado é importante para a saúde mental. — Hilda, a dona Hilda, que nunca sabia palavras difíceis, nem os termos técnicos da profissão do filho, de repente, soube *exatamente* o que dizer para fazê-lo sentar.

Ela treinou para isso.

Nossas mães, pais e sogros queriam que nos afastássemos.

Por quê?

— Isso não faz sentido. — Minha veia investigativa começou a pulsar com força. — Por que não fomos avisados antes? E por que isso está sendo imposto? Por que não é uma questão de escolha? — Fiz uma pausa. — O que não estão nos contando? — indaguei, com o mesmo tom de voz que usava em salas de interrogatório.

— Não preciso que seja um inspetor-chefe nessa mesa de café da manhã, meu filho — María Fernanda, Marifer, minha mãe, me deu bronca. — Não há nada acontecendo. Apenas queremos preservar a paz e a saúde de vocês. Há quanto tempo não tiram férias? Há quanto tempo ficam presos na rotina, trabalhando como malucos? Há quanto tempo não aproveitam a vida? Vocês adiaram essa reunião em família por anos até conseguirmos marcar. Tem ideia do quanto nos esforçamos para trazer vocês aqui? Não consigo pensar em quantas vezes abri o site das passagens para organizar a ida e a volta de todo mundo, sem sucesso. Eu, Hilda e minha querida Maribel. Isso é para o bem de vocês.

— Mãe, com todo o respeito, sabemos o que é bom para nós. Você acha que vou passar a noite sem a minha *mujer* na cama?

— Pois veja a sua mulher, beije-a e se despeça. Se não consegue ficar sem Natalia por um dia, precisa de terapia. — Virou a cara, irada comigo, e eu bufei, enquanto me sentava.

Esteban, bom de lábia, tentou argumentar, assim como Diego e Hugo, mas nenhum deles amoleceu os corações das nossas mães. Esteban até falou que Akira e Zelda iam sofrer com a ansiedade de separação, e a mãe dele rebateu que elas sempre tiravam férias na casa da avó.

— Parece uma intervenção, que horror. — Pablo suspirou.

— É, parece que eles não aguentam mais o amor de vocês. — Daniel riu. — Estou brincando. Acho que só estão preocupadas mesmo.

— Não quero nem pensar em um dia de SPA com um monte de homem seminu — reclamei. — Como isso é melhor do que ficar com a Natalia?

— Consigo listar pelo menos um milhão de pessoas que gostariam de estar em um *spa day* com um De La Vega, imagine com vários. — Pablo piscou para mim. E, então, como se ficasse surpreso, olhou para o marido. — Amor, será que a gente está sonhando? Somos meninos, temos pênis e vamos ficar no meio desse monte de homem gostoso? Aquele Rafael, ex da Nicki, é um belo de um gostoso também.

Daniel riu.

— Querido marido, pela segurança do nosso casamento, prefiro ficar com as meninas.

Pablo ponderou.

— Droga. Vamos nos divorciar.

Daniel gargalhou e beijou o marido nos lábios, enquanto eles faziam a mim, Consuelo e a seu marido rir.

— É bom passar um tempo separados, Andrés — minha comandante, que tinha acabado de me promover, opinou. — Ficar com seus primos, ter a conexão com a sua família. Faz um tempo desde a última vez que teve um momento só com eles, não é?

— Faz um tempo, sim — murmurei. — Mas a gente se fala o tempo todo, videochamadas, ligações, a qualquer momento do dia. Eu tenho que olhar para a cara do Rhuan todo santo dia.

O marido de Consuelo riu.

— Tenho primos, sei como é. São como irmãos, mas com ainda mais liberdade.

— É exatamente isso — falei.

Minha *pasión*, que até o momento estava em total silêncio, envolveu minha cintura com as mãos e beijou meu maxilar.

— *Mi sueño*, é só por um tempo. Você precisa ficar com os seus primos. — Ela veio até o meu ouvido e sussurrou bem baixinho, só para eu ouvir: — Depois que voltar, vou falar toda a safadeza que quero fazer com você e, ao invés de se ajoelhar para mim, eu que vou estar aos seus pés, te fazendo gozar na minha boca, e depois... você vai gozar dentro da minha boceta.

Veja bem, eu sou pai agora. Isso me fez criar um pouco mais de vergonha do que antes. Senti um calor subir para as minhas bochechas, o que era ridículo, eu não estava acostumado a ficar tímido, mas Natalia...

Ay, mujer. Dale.

— Jura? — questionei, alto, porque ninguém saberia do que estávamos falando.

— Juro, amor. — Ela sorriu como se tivesse conseguido acabar com uma guerra.

Mierda.

Eu ia sentir falta dela e do Tadeo.

Até quando Natalia estava na cozinha e eu na sala, eu sentia falta da minha *mujer*. Porque Secret sentira falta da Anônima quando acreditara que ela estava longe, a quilômetros de distância. Eu sentia falta da Natalia. Porque queria estar com ela o tempo todo. Porque sentia falta dela antes de sequer conhecê-la.

Eu não era bom em lidar com a saudade.

Mas era normal.

Um dia só não me mataria.

Mas ainda não estava acreditando na desculpa esfarrapada que as mães tinham contado.

Havia algo por trás.

E eu ia descobrir, cedo ou tarde.

Capítulo 05

Eu quero passar a minha vida com você.
Emily Hackett feat. Will Anderson — Take My Hand

Esteban

Sabe aquele sentimento de quando você vai levar um pedaço do seu coração pela primeira vez à escola, e você está chorando e pensando que a criança vai morrer sem você, mas, ao invés disso, ela sai pulando com a mochila nas costas, acenando, como se de repente dez anos tivessem se passado e a temida pré-adolescência tivesse chegado?

Foi isso o que aconteceu no primeiro dia de aula da Camila.

E foi exatamente isso o que Laura fez quando se viu livre de mim.

Ela seguiu as amigas tão alegre e contente para o *carajo* do *spa day* do outro lado de Cancún, que pensei que Laura até sabia do plano maligno das mães De La Vega.

— Ela não me ama mais — falei, enquanto alguém apertava todos os nós do meu corpo. Gemi ou grunhi, algo do tipo.

Estávamos com Hugo, Diego, Andrés, Rhuan, Rafael, o amigo do Rhuan e Fernando, marido de Consuelo. Pablo e Daniel nos traíram e foram atrás das garotas. Era injusto. O time delas era maior.

— Olha o drama. — Diego riu.

— Vou abrir uma reclamação no nosso grupo do WhatsApp — resmunguei.

— Externe suas emoções — Rhuan disse, a voz muito relaxada, quase em transe.

A massagem era boa, mas minha noiva indo embora e minha filha com os avós... tudo bem, Mila amava os avós, e chamava todos de vovós e vovôs. Ela vivia no paraíso de todos os netos: ter trocentos avós para ser mimada. Porque não era apenas os meus pais e os de Laura, eram os de Rhuan, Andrés e os pais de Victoria, Elisa, Verónica e Natalia.

É, Mila nem ia pensar em mim.

Nem a mãe dela.

— Estou acostumado a ficar sem a Vick por causa das viagens — Hugo explicou, tranquilo. — A saudade é sempre positiva quando há a certeza do reencontro.

— Filosófico, mas estou com saudade também — Andrés falou.

— Porra, alguém que me entende! — gemi.

— Também sinto falta da Nicki, mas precisamos aproveitar o momento. Somos pais agora — Rhuan pontuou.

— A individualidade se torna um luxo quando se está em um relacionamento e com filhos. Aproveitem — Fernando, marido da Consuelo, disse sabiamente.

— Eu, para ser sincero, estou adorando isso — Rafael garantiu. — Mas também não estou acostumado a ficar sem a Selena.

— É, também estou com algo parecido com indigestão, bem na garganta, mas sei que não é. É só saudade. É uma emoção, como todas as outras, e vamos saber administrá-las — Rhuan completou. — Vamos falar sobre a vida. Quando vão ao Enigma comigo? Quando vão tirar férias dos trabalhos de novo?

— A princípio, Hugo e eu estamos planejando tirar um ano sabático no começo do próximo ano — Diego avisou. — Quero passar um tempo com Elisa e Juliana, quero tentar ter mais filhos, dar uma relaxada. Dinheiro não é problema, não mais.

— Neste ano, pretendo viajar com a Vick, fora que sempre nos casamos onde quer que estejamos. — Hugo riu. — Ao menos fazemos uma cerimônia simbólica. Queremos ir para a Índia da próxima vez.

— Vocês são tão livres — Rafael falou. — Acho tão bonitas as viagens que fazem juntos. Selena e eu alternamos entre Colômbia, Itália e Espanha.

Eles continuaram conversando, mas minha mente estava indo para a minha Poderosa Noivinha, minha *hermosa*, minha eterna diaba.

Vinte e quatro horas sem ela e a minha Mila pareciam tortura.

É, até que não foi tão ruim assim.

Estávamos em uma sauna e uma música mexicana tocava ao fundo. A massagem tirou toda a tensão que eu nem sabia que tinha. Depois disso, fizemos limpeza de pele, alguém lavou nossos cabelos e também nossos pés, tivemos uma sessão de acupuntura e... conseguimos meditar.

Meditar.

Ficar em silêncio enquanto os pensamentos passavam por nossas mentes como se fossem carros em uma estrada. O guru, instrutor, mentor, ou o carinha lá que meditava, nos disse para assistirmos aos nossos pensamentos passarem sem engatá-los. Sem darmos atenção para eles. Não podia crer, mas consegui fazer isso, me concentrar na respiração e esvaziar a mente.

Toda a ansiedade em estar longe da minha filha e de Laura foi desaparecendo como se fosse uma preocupação distante.

Não sabia que eu precisava me concentrar em mim mesmo até isso acontecer.

Conversando com meus *hermanos* e nossos amigos, percebi que a vida adulta te empurra para um piloto automático. É difícil você se perceber como um ser humano e não uma máquina de resolver coisas. Ser sócio da Freedom, de uma empresa que hoje era uma multinacional, me deixava em modo alerta o tempo todo. Mas, especialmente, nada me preocupava mais do que ser o porto seguro de Laura e Camila, e também de Akira, Zelda e todos os peixes que adotamos.

Minha mente sempre estava no dia seguinte. Acordar, fazer o café da manhã, alimentar os peixes, levar Camila para o ballet, levar as cachorras para a creche, então buscar Mila na escola, Zelda e Akira na creche. Fazer o jantar, porque eu e Laura almoçávamos no trabalho e Camila na escola. Então, me dedicar para passar um bom tempo com as minhas meninas, a ponto de lermos um livro juntos ou assistirmos a algum desenho na TV. Ir passear com Zelda e Akira e, mesmo que tivéssemos uma funcionária cuidando da casa, eu adorava fazer esse tipo de coisa. Finais de semana tendiam a ser mais tranquilos, mas, mesmo assim, a energia de uma criança te consome. Às vezes, Angel, a vizinha do antigo apartamento da Laura, vinha nos visitar e ficava algumas horas com Mila, ou minha filha ia para casa de um dos avós. Queria que ela estivesse sempre conosco, mas ir de um lugar para o outro a cansaria demais.

Enfim, era uma rotina insana, entre ser pai de família e CEO da Freedom. Desde que tudo aconteceu, eu não tinha parado.

Hilda De La Vega e seu filho estavam certos.

Rhuan foi o mais rápido a admitir que esse tempo longe era importante, junto com Hugo, que prezava a individualidade, assim como Diego, então calmamente eu e Andrés fomos aceitando também. Andrés era um De La Veja, e nós tínhamos um instinto protetor e éramos bem conscientes das *mujeres* livres com quem nos relacionamos.

— Agora vocês aparecem, não é? — Andrés brincou, assim que Pablo e Daniel entraram, gargalhando.

— Vivemos o melhor dos dois mundos. — Pablo piscou para o meu primo e se sentou ao meu lado, com uma toalha ao redor da cintura, relaxando. — Fofocamos tudo o que podíamos com as garotas e agora, com todo o respeito, vamos ficar entre os gostosos. — Ele fez uma pausa. — Meu Deus, não sabia que até nós íamos ganhar um dia de SPA.

— Nossas mães pensaram em tudo, aparentemente — Rhuan disse, rindo.

— O interessante é que vocês são espanhóis, e a minha família é italiana, mas eles são exatamente assim — Rafael contou. — Antes de eu me casar com Selena, nos fizeram... Espera, deixa eu corrigir... Nos *obrigaram* a visitar um padre e fazer aconselhamento *por um mês* antes da cerimônia acontecer.

Meus primos trocaram olhares.

— Não reclamem. — Daniel gargalhou, lendo nossos pensamentos. — Isso sim é muito pior. — Olhou para o Rafael. — E como foi falar com o padre?

— Surpreendente terapêutico. — Rafael riu.

— Vocês são de outra geração — Fernando falou. — Quando pedi para namorar a Consuelo, tive que ficar na sala, com o pai dela entre nós dois, e o máximo que podíamos fazer era segurar as mãos. Hoje, já somos avós, mas na época do nosso namoro? — Riu. — Nem era um namoro de verdade.

— Aff, credo. Eu ia odiar! — Pablo arrancou risadas de todo mundo. — Graças a *Dios* posso dar uns beijos no meu lindo marido sem ninguém me controlar. — Piscou para o Daniel. — A propósito, depois daqui, vamos fazer o quê? O que acham de ir para uma balada?

— Estou velho demais pra isso. — Fernando riu.

— Claro que não! Quantos anos você tem? — Pablo perguntou.

— Cinquenta e seis.

— *Dios*, você está só começando! — Daniel riu. — Podemos dançar um pouco e beber uns drinques. — Olhou para o Rafael. — E você, bonitão? Não quer ir? Precisa dar satisfações para um padre de novo?

A risada de todo mundo ecoou além da sauna. A mesma sauna que Hugo disse que viu Victoria, depois de ela o ter confundido com Diego, e toda a história dos De La Vega se desenrolar.

É, a vida era boa.

Mas com amigos, era ainda melhor.

Capítulo 06

Enfim
Meu amor chegou
Meus dias solitários chegaram ao fim
E a vida é como uma canção.
Etta James — At Last

Rhuan

Não me lembro da última vez em que me reuni com todos os primos em um bar. Eu ia para alguns restaurantes com Andrés sempre que nossas agendam batiam, e visitávamos o Enigma, mas nos relacionávamos com o clube à distância, era mais como sentar para tomar um drinque e conversar, do que realmente ficarmos conscientes do ambiente erótico. Agora, estar em um bar mexicano com direito a jogo de futebol, ouvir música ao vivo, parecendo muito com os lugares em que nos metíamos quando éramos mais jovens, dançando salsa a noite inteira para ver se conseguíamos beijar alguma *niña* na boca...

Dessa vez, comprometidos e em uma realidade completamente diferente, o gosto era outro. Não estávamos preocupados com as pessoas ao nosso redor. Meus primos e nossos amigos estavam rindo das besteiras que compartilhávamos, com a mente leve, livre das obrigações do trabalho, livre de qualquer preocupação. Parecia uma coisa tão simples, ir para a rua e se sentar a uma mesa com pessoas que você gosta e tomar cerveja, mas era algo tão necessário quanto respirar.

Minha mãe estava certa.

E era difícil concordar com Hilda De La Vega.

— Mas casamento não é um "felizes para sempre" e ponto-final — Pablo falou, e voltei minha atenção para a conversa. — Quando eu e Daniel nos casamos, já tinha total consciência disso. Nós brigamos algumas vezes, mas, nossa, tentamos fazer com o máximo de diversão possível.

— Consuelo e eu temos uma regra: não dormimos brigados — Fernando contou. — Não importa o quão difícil tenha sido a discussão, vamos resolver antes de dormir.

MARIDOS POR *Acaso*

— É uma boa estratégia — Daniel ponderou.

— Selena é muito tranquila — Rafael pensou alto. — Mas, quando brigamos, é mais sobre... "você não colocou o lixo para fora" ou "você esqueceu de lavar a louça".

— Me lembro de quando você me ligou e disse que tiveram a pior briga de todos os tempos. — Comecei a rir. — Porque você tinha esquecido de levar o lixo para fora.

Rafael riu junto.

— Ela quase me expulsou de casa.

— É, eu até te ofereci teto e comida. — Gargalhei, e todo mundo riu junto.

— Eu sou o expert aqui em discussões de casal. — Esteban sorriu. — Laura e eu, antes até de sermos um casal, brigávamos o tempo todo. Então criamos a Central de Reclamações, tipo um grupo no WhatsApp em que fingimos que somos uma empresa. — Esteban riu. — Lá a gente briga, mas de forma organizada, e acabamos achando graça até nos assuntos mais pesados. Funcionou.

Ficamos um tempo em silêncio, rindo e bebendo, até eu decidir falar um pouco mais sério.

— A comunicação do casal durante uma discussão é, talvez, uma das coisas mais importantes. Se não consegue entender a dor dela, se não consegue ouvir o que ela está te comunicando, e vice-versa, vira uma bola de neve. — Fiz uma pausa. — Nunca briguei com Nicki, nem sei como seria, mas já tivemos discussões importantes sobre pontos de vista diferentes. O que faço é sempre ouvir o que ela tem a me dizer primeiro, e depois aviso que vou processar o que foi falado e, quando me sinto pronto, conversamos. Nicki faz o mesmo comigo. Conversar com a cabeça quente não funciona, e respeitar o espaço do outro para entender o que está sentindo é primordial.

Os caras me olharam e concordaram.

— Elisa não briga, mas impõe a opinião dela com mais afinco do que eu gostaria. — Diego sorriu. — Já aprendi a lidar com ela, somos amigos há anos, mas às vezes é difícil.

— Victoria não tende a discutir comigo. Eu já fui mais inseguro sobre o meu relacionamento com ela, no começo. Na verdade, uma única vez — Hugo contou. — E Vick me colocou de volta aos eixos, dizendo que eu não estava chateado com ela, mas trazendo bagagem do meu antigo relacionamento.

— Isso também é bem complicado. Trazer bagagens. — Olhei para Hugo. — Mas, *hermano*, Vick é compreensiva, e tenho certeza de que, no momento, ela entendeu que você só estava projetando.

Era incrível falar com esses homens. Incrível porque era raro, e não digo apenas o sexo masculino, porque odeio estereotipar o ser humano, mas era raro e muito complexo encontrar pessoas com inteligência emocional e autoconhecimento suficiente para se entenderem.

Mais do que isso, entenderem o outro.

— É. — Hugo me observou.

— Não acredito que a gente está tendo esse papo-cabeça em um bar, um bar típico como os que íamos quando éramos moleques, e saíamos com duas ou três garotas. — Esteban riu.

— Consigo imaginar vocês sendo umas pestes — Pablo brincou.

Mas o momento com Hugo não tinha passado. Meus olhos estavam no meu primo, que era um irmão para mim, e foi naquele instante que decidi contar a minha história com Lola.

Diego teve a sorte de se casar com a melhor amiga, Esteban nunca tinha se envolvido em um relacionamento a longo prazo e Andrés tinha namorado por um tempo, mas se separou de forma pacífica quando os objetivos de vida pareciam diferentes.

Alejandro e eu fomos os únicos De La Vega com um coração partido.

Contei de forma tranquila, leve, porque não era algo que pesava na minha alma, apenas aprendi com toda a situação e evoluí. Mas senti que deveria contar, porque nunca tivemos esse tipo de conversa sobre bagagens de relacionamentos anteriores, e eles não sabiam a fundo o que eu tinha vivido com Lola.

— Por que nunca nos contou? — Andrés perguntou, naquele timbre calmo e controlado.

— Não sei bem. Acho que na época eu estava machucado demais. Depois a dor foi se curando de outras formas, mas quando conheci Verónica e realmente me apaixonei por ela, a história pareceu... desimportante. Na verdade, distante demais de mim. Foi apenas uma parte do meu passado, mas acho que devia essa explicação para vocês entenderem por que fui tão relutante em aceitar um relacionamento afetivo de novo, em primeiro lugar. A razão de eu ter ido para a terapia, também. E para dizer que todos nós vamos ter bagagens de relacionamentos anteriores, desde que essa bagagem não nos limite, está tudo certo.

Hugo ficou em silêncio, processando. Diego parecia tão surpreso quanto Esteban, a ponto de manter a boca fechada por alguns instantes, e pensei que Andrés ia falar alguma coisa, mas quem falou foi Rafael.

— Você sabe disso tudo, Rhuan, mas vou falar de novo mesmo assim. Quando conversei com Nicki, disse o quanto vocês se completavam, e indiquei e apoiei o relacionamento, porque eu confiava cem por cento em você. — Ele parou. — Ainda assim, eu sabia que havia alguma ferida em você, e sentia que Nicki seria a pessoa certa para curá-la, assim como sentia que você era o cara certo para ela. Quando me encontrei com ela na Itália, vi que a Verónica que eu conhecia parecia uma pessoa transformada depois de ter se apaixonado por você. Eu sabia que, se ela estava assim, você também tinha mudado. Tinha se permitido. E torci tanto por isso. A questão é que antes de a pessoa certa aparecer, a gente tropeça, cai, se machuca, aprende. Porque quando encontra o relacionamento perfeito, você está pronto. — Rafael tocou no meu ombro. — Selena é a minha pessoa, eu realmente a amo e é fácil amá-la. Verónica é a sua pessoa, porque você a ama o suficiente para estar leve e feliz agora. Se nos machucamos no processo, foi apenas a vida, Rhuan. A vida nos trazendo para onde deveríamos estar.

Assenti e toquei no seu braço. Realmente tinha um carinho imenso por Rafael, e isso só crescia com o passar do tempo. Há pessoas que nós simplesmente sabemos que vão permanecer, e o Rafael ter sido o ponto-chave para o meu relacionamento com Nicki foi perfeito.

— Me sinto tão orgulhoso de você — Andrés falou. — Ver o homem que você se tornou, o homem que é para Nicki e para Vini, e como sei que vai ser para Soraya.

— Somos homens que caíram e se levantaram. — Hugo ergueu a bebida. — E somos felizes *pra carajo* hoje, como nunca pudemos ser.

— Um brinde ao nosso futuro. — Diego sorriu.

— E às trocas de fraldas de crianças! E espero que ainda mais crianças. Precisamos de mais De La Vegas no mundo — Esteban adicionou, fazendo todo mundo rir. — Eu também tenho muito orgulho desse sangue quente que pulsa em nossas veias, mas também da nossa capacidade emocional e mental. Enfim, vê se casa logo, Rhuan. Quero ser o padrinho.

— Todos vocês serão meus padrinhos. — Ri. — Mas casar que é bom, ninguém quer, não é?

Isso fez Andrés e Esteban ficarem quietos, mas Hugo e Diego riram.

— Solteiros ou casados, eu vou dançar com vocês porque preciso aproveitar a noite. — Pablo nos puxou e Daniel foi junto. Até Fernando, que era um cara mais reservado. — Vamos rebolar a bunda na pista de dança. *Dios* sabe que não vou ter outra chance de aproveitar não um, mas *cinco* De La Vegas ao mesmo tempo, sem suas *mujeres*.

Nós gargalhamos e fomos dançar. Sem puxar nenhuma garota, sem fazer nenhuma palhaçada. Fomos dançar porque havia duas coisas sobre os De La Vega que todo mundo sabia.

Tequila e música.

Aquilo nos movia.

E a felicidade também.

Capítulo 07

DIA 3

Andrés

Quando eu disse que, cedo ou tarde, descobriria o que as mães De La Vega estavam fazendo, não imaginei que a verdade ia surgir na minha porta, precisamente às 05h42 da manhã.

Mas, espera um pouco, preciso explicar o que aconteceu antes disso.

Meus primos e eu bebemos como loucos e dançamos até que estivéssemos cobertos de suor. Mas assim que cheguei ao hotel e não pude ver meu lindo filho e minha *pasión*, senti a dor visceral da saudade corroer o estômago. Descobri que nem todo o álcool do mundo era capaz de afogar o sentimento da falta. Ao menos nos permitia apagar na cama e dormir. Abracei um travesseiro e fingi que era o amor da minha vida, sonhando com suas curvas perfeitas e seus cabelos contra o meu nariz. Tive um sonho que envolvia nós dois em um campo florido, fazendo amor entre os girassóis.

E fui interrompido quando minha mãe, de alguma forma, invadiu o meu quarto. *Como ela tinha a chave?* Não sabia. *O que ela queria?* Não fazia ideia. *O que eu tinha feito para merecer isso, enquanto sentia minha cabeça latejar por causa da ressaca?* Porra, não tinha como saber. Mas acendi o abajur, porque María Fernanda parecia uma assombração no escuro. Eu a peguei andando pé ante pé até o meu guarda-roupa, colocando algo ali e saindo de fininho.

— Posso saber o que você está fazendo, mãe? — minha voz saiu tão grave que só minha mãe, pai, Natalia e Tadeo teriam entendido. Minha voz pela manhã era foda. Às vezes, nem meus primos conseguiam me entender ao telefone.

Ela pulou e levou a mão ao peito.

— Odeio ser mãe de um inspetor.

Me sentei na cama.

— Não odeia, não. Você vai me falar agora o que está acontecendo. — Passei os dedos no cabelo bagunçado, bocejando, mas com os olhos bem atentos e procurando pistas. — Você, Hilda e Maribel sempre têm segundas intenções. Me fazer dormir sem a Natalia e o meu filho? Por quê? Nos levar para um SPA? Separadamente? Poderíamos muito bem relaxar com nossas *mujeres*. O discurso da Hilda foi decorado. Ela estava suando e nervosa, preocupada em errar o que estava dizendo.

— Não posso te contar agora. Vai estragar a surpresa.

Arqueei as sobrancelhas.

— Então tem *mesmo* alguma coisa. — Me levantei, enrolando o lençol na cintura, porque sempre dormia pelado. Cobri o suficiente para minha mãe não ser obrigada a ver o que não queria. — Mãe, comece a falar.

— Você vai correndo contar para os seus primos.

— Se for algo importante, é claro que vou. — Fiz uma pausa. — Está muito cedo para eu começar a usar meu cérebro de inspetor. Então é melhor começar a falar, mãe. — Fui em direção ao guarda-roupa, mas, antes, acendi todas as luzes do quarto. — O que você colocou aqui? — Lancei um olhar para as suas mãos, vendo que não pegou nada. — Mãe, eu juro...

— Você acabou de acordar, não era para estar tão alerta desse jeito. Ai, que pressão! Uma mulher De La Vega não tem paz nessa família! — Ela começou a caminhar para fora do quarto, e foi quando meus olhos, vasculhando minhas roupas, pararam em uma peça que eu não tinha trazido.

Nem comprado.

Porque não era minha.

Tirei do armário e da capa de proteção e joguei a peça de alta-costura na cama. Engoli em seco, meu coração batendo forte.

— María Fernanda De La Vega, venha me explicar que *mierda* é essa! — gritei.

Ela já estava no corredor quando correu para dentro do meu quarto, e fechou a porta em um baque.

— Como ousa falar assim comigo? E fica quieto! Vai acordar todo mundo!

— O que é isso? — Apontei para a roupa, como se fosse uma *coisa*. Uma coisa contagiosa.

— Um terno.

— Um terno? — Ri, irônico. — Isso eu sei.

— É um terno de três peças. Lindo. Um presente para você. Olha que coisa mais preciosa, meu filho! Um terno vermelho-escuro que combina com a sua pele, e a lapela marfim, com os botões... o colete... — Suspirou.

— Isso é jeito de me dar um presente? Entrando no meu quarto de fininho? — Fiz uma pausa, ligando os pontos, torcendo muito para que Marifer não fosse louca, nem um pouco louca, para fazer o que meu coração estava sussurrando que ela ia fazer. — Mãe...

— É um terno de casamento! — soltou de repente, cobrindo os olhos, a boca e tudo o que conseguia, só para não olhar para mim.

Me sentei na cama, em cima do terno.

— Tira a sua bunda enorme daí ou vai amassar! — gemeu, frustrada.

— Um terno de *quê*?

— Um terno para ser usado no dia do seu casamento.

Meu coração estava batendo na garganta. Sério. Batendo com força. Eu estava tendo um infarto, ou quase isso, talvez um ataque de pânico e de ansiedade. Mas me obriguei a sair de cima do terno, e me sentei perto da cabeceira da cama. Respirando fundo, tentando controlar meu cérebro, que parecia me dizer que eu tinha caído em uma armadilha.

Não só eu, mas todos os meus primos e nossas *mujeres*.

— Sério? Um terno para o meu casamento? — perguntei, devagar. — Ótimo presente, mãe, mas ainda não pedi Natalia em casamento!

— É, e quando você pretendia fazer isso? — bradou, irada. — Daqui a dez anos? Ou quando Tadeo já estivesse na faculdade? Ou quando a sua mãe estivesse *morta*?

Com calma, abri a gaveta da cabeceira e mostrei a caixinha da Tiffany para a minha mãe.

— Planejei pedir Natalia em casamento hoje. — Ergui uma sobrancelha.

— Que horas? — Marifer pareceu desesperada por um segundo.

— Na hora do almoço. — Então, parei. Por que ela estava preocupada com o horário? — Mãe...

— Acho bom você fazer esse pedido logo, Andrés.

Não. As mães De La Vega não fizeram isso.

Elas fizeram?

Eu estava com medo de perguntar, mas o fiz mesmo assim.

— Por quê? — murmurei.

— Porque o seu noivado vai ser o mais curto da história dos noivados. Os De La Vega solteiros vão se casar. — Fez uma pausa. — Esta noite.

— *O quê?!* — gritei. E estava certo de que não apenas a minha família no Moon Palace, mas todos os resorts ao redor, e talvez a cidade inteira de Cancún, tinham me ouvido.

Capítulo 08

Eu daria o mundo para você.
John Adams — Songbirds

Esteban

Como James Bond. Ou talvez Ethan Hunt, em *Missão Impossível...* É, eu estava mais próximo geneticamente do Tom Cruise do que do Pierce Brosnan. Se bem que nenhum deles era tão gostoso e tão lindo quanto eu.

— Isso não importa. *Foco* — falei comigo mesmo.

Estava usando os lençóis de todas as camas do hotel, amarrando os nós nas pontas, como adolescentes faziam quando queriam fugir de casa. Ou presidiários. Não importa. Eu tinha um plano de amarrar na coluna grega do quarto, porque ela poderia aguentar o meu peso, e então eu desceria pelos nós e sairia correndo.

Comecei a pensar nisso e a colocar em prática assim que recebi a notícia fatídica de que iria me casar naquele dia.

Se eu quisesse continuar vivo, com minhas bolas intactas, meu relacionamento com a Laura sem qualquer tipo de turbulência, com minha família, minha vida, sem que minha noiva colocasse meu nome na boca do sapo ou coisa do tipo, eu teria que fugir.

Fugir como naquele filme *Noivo em Fuga*.

Espera, não era a noiva que fugia?

Naquele filme?

Com a Julia Roberts?

Sei lá.

Havia um motivo para eu ser noivo para sempre da Laura. Ela jurou nunca colocar um vestido de noiva. Ela pulava os canais do Discovery Channel sobre aqueles casamentos elegantes que custavam milhões de dólares. Laura sentia urticárias no corpo, como se tivesse alergia, de se imaginar num altar. Se eu a obrigasse a se casar comigo, ia perdê-la.

Eu ia fugir.

Estava tudo bem.

Olhei para os lençóis enquanto Pablo e Daniel estavam no meu quarto. Eles vieram assim que bati à porta deles, desesperado, pedindo lençóis. Quiseram saber o porquê. E, enfim, ali estávamos.

— *Hombre*, como você vai fugir? — Pablo perguntou.

— Eu vou descer pela corda de lençóis.

— Como um preso em fuga? — Daniel segurou uma risada.

— Estou mais para um noivo em fuga.

— *Dios*. Não seria mais fácil *conversar* com a Laura? — Daniel indagou.

Lancei um olhar sobre o ombro, vendo que se eu caísse do quarto andar e morresse, minha filha ficaria sem pai. Mas eu tinha seguro de vida. Laura era rica. Ela ia superar minha morte. E me mataria, de qualquer maneira, se eu a levasse até o altar.

— Ela odeia a ideia do casamento.

— Por quê? — Dani questionou, a voz tranquila. — Conversa com ela e resolve.

— Não posso. Ela vai me matar.

— Conversa com ela, garoto! — Pablo me parou, em um misto de rir do meu desespero e sentir pena. — Eu vou chamar seus primos.

Enquanto ainda estava na função de amarrar os lençóis, pensando que não poderia fugir de cueca por Cancún... Eu teria que encontrar uma roupa. Talvez pegar o passaporte. Uma mala. Mas como desceria com a mala?

E foi quando meus primos entraram no quarto.

Escutei os quatro idiotas rindo de mim.

— Vocês estão rindo porque não são noivos da Laura. — Olhei para eles. — É sério. Elas sabem? — Arregalei os olhos. — Elas já sabem? Isso não é férias em família, é a armadilha mais *jodida* que nossas mães e nossos sogros poderiam armar.

— Bem, eu ia me casar com a Nicki de qualquer jeito, então quando Andrés veio me contar, pareceu... certo. Andrés vai pedir Natalia em casamento hoje e, você, *hermano*, tem uma aliança no dedo. — A voz do Rhuan preencheu o quarto.

— Tira esse lençol da janela, Esteban — Andrés disse com uma voz séria, que provavelmente usava quando queria que alguém largasse a arma. — Vamos conversar.

— Eu não vou me jogar, eu só... — Fiz uma pausa. — Eu consigo descer. Vou fugir e, então, sem um noivo, não tem casamento, certo? Eu vou salvar a Laura de se casar comigo. Ela não quer, *hermanos*. Ela *não* quer. — Até para os meus ouvidos, minha voz soou desesperada.

Foi quando eles pararam de rir.

— Conversei com a Nicki, e Andrés só vai contar para a Natalia quando a pedir em casamento. Hugo e Diego vão renovar os votos conosco. Vai ser um casamento coletivo, familiar e bonito. Preciso admitir, apesar de ter brigado com minha mãe por uma hora, que a ideia é boa. — Rhuan veio na minha direção, e percebi ali o porquê de ele ser um psicólogo tão renomado. O cara sabia lidar com uma crise. — Laura está com você há anos, te ama, converse com ela e diga...

— O que posso dizer? Que nossos pais armaram um plano louco de nos trazer em uma viagem de férias, quando na verdade era um casamento surpresa? Você quer que eu fale para ela que, escondido, eu via coisas de casamento como um idiota porque queria uma cerimônia? Quer que eu diga que sonhei com a nossa filha entrando como dama de honra, carregando flores coloridas, que nem sei a porra do nome, e com uma música romântica sendo tocada por harpas e violinos? Quer que eu diga que imaginei Laura em um vestido, mas apenas o seu rosto, porque ela odeia vestidos de casamento? Eu não posso dizer isso sem *joder* com o meu relacionamento. Não preciso assinar um papel que a faça ser minha. Ela já é. Não estou disposto a pedir que Laura faça isso porque quero, porque nossos pais querem. Eu só vou subir no altar se a Laura me quiser. Se ela quiser ser uma De La Vega.

— Como você vai descobrir? — Rhuan perguntou suavemente. — Como vai descobrir se não perguntar?

— Papai! — uma voz aguda e infantil atravessou o quarto, pequenos passinhos correndo na minha direção, e imediatamente peguei Camila De La

Vega no colo. Ela me apertou com tanta força que mal pude respirar. Engoli o desespero em seco, as emoções que estavam borbulhando dentro de mim, e acariciei seus lindos cabelos cacheados. — Que saudade!

— Também senti sua falta, amor do papai. O que você...

Meus olhos foram para uma figura atrás dos meus *hermanos*. Laura estava com os olhos marejados, fixos em mim.

— Meninos, vocês podem nos dar licença por um segundo? — A voz dela estava embargada.

Mierda.

Eu ia perder a Laura.

Camila me apertou e eu a enchi de beijos. Ela disse que o momento com os avós foi *"o máximo"*, e que os primos brincaram na área das crianças, escorregaram, pintaram, correram. Disse que ama *"muito, muito, muito mesmo"* os primos e os avós, e que estava tão feliz, que as férias podiam ser *"todos os dias, papai!"*. Camila era muito comunicativa, e enquanto meus primos iam até a porta com Pablo e Daniel, e minha pequena contava todas as artes que fez, lancei um olhar para a minha noiva e vi sua atenção nos lençóis.

— Mila, que tal tomar o café da manhã comigo, o tio Dan, o titio Hugo, Diego, Andrés e Rhuan? — Pablo foi esperto, chamando minha filha para que eu tivesse uma conversa em particular com a Laura. — Nós podemos comer *croissant*! Ouvi falar que você é tão fã deles quanto a titia Nicki.

— Eu amo! — Mila escorregou do meu colo e saiu correndo até os tios. Rhuan a pegou no colo, e lançou uma piscadela para mim, enquanto Mila acenava. — Tchau, mamãe! Tchau, papai!

Eles fecharam a porta silenciosamente.

Coloquei as mãos na cintura e esperei. Fechei os olhos, pronto para Laura dizer que tudo estava acabado entre nós, ou falar que nunca ia subir ao altar, mas minha noiva me surpreendeu quando se jogou nos meus braços, chorando entre soluços, como se tivesse ficado dois anos sem me ver. Toquei suas costas, acariciando sua pele, acalmando seu coração que parecia dolorido de tão forte que batia contra mim.

— Todo esse tempo, eu achava que você odiava casamentos! — Ela chorou sem olhar para mim. — Achei que você também não queria se casar, então nem me permiti sonhar com isso, porque estávamos bem assim, estávamos bem sendo noivos para sempre. Esteban! Pelo amor de Deus, *hermoso*. Acha que eu não me casaria com você?

Pisquei, afastando-me dela um pouco, vendo seu lindo rosto inchado, os olhos verdes, a expressão desolada.

— *Hermosa*, achei que você não queria.

— Eu quero ficar para sempre com você, não importa como. — Ela fungou. — Ai, odeio chorar. Que ódio de você!

— Amor...

— Não, eu não gosto da ideia do contrato do casamento, não gosto de como as coisas parecem engessadas, fixas. Nós já temos muitos contratos entre nós. Temos seguro de vida, a sociedade na Freedom, assinamos contratos todos os dias, o tempo *inteiro*, temos até um contrato com todos os De La Vega e suas mulheres, que, caso aconteça alguma coisa com a gente, eles têm o poder de decisão sobre a saúde da Camila. E se morrermos, a guarda da nossa menina fica com Hugo e Victoria. Você entende? Para tudo temos um contrato, mas eu não queria que o nosso amor ficasse preso a um maldito papel também.

Segurei as laterais do seu rosto.

— Eu sei que você odeia chorar e...

— É porque estou grávida! — ela gritou e então deu dois passos para trás, cobrindo a boca. — Ai, não era para te contar assim! Porra! Preciso parar de falar palavrão, o bebê vai absorver isso.

Abri um sorriso tão largo, enquanto a sensação preenchia o meu peito.

— Também não era para a gente se casar assim, mas...

— Não vou assinar um divórcio. Está me ouvindo? Eu me nego. — Ela começou a puxar os lençóis e desfazer os nós. — Não fuja — implorou. — Vou me casar com você. Vou me casar, mesmo que eu odeie o contrato, mas amo a ideia de caminhar até você, te olhando e prometendo passar o resto da vida ao seu lado.

— Você está mesmo grávida?

— Estou. De oito semanas — murmurou, num misto de lágrimas e alegria. E soltou os lençóis. — Camila sonhou que tinha um irmãozinho.

Me aproximei da minha futura esposa, devagar.

— Eu vou amar qualquer bebê que estiver dentro de você, todos os que pudermos fazer, e toda a nossa família. — Toquei sua barriga e a olhei nos olhos, fascinado por sua beleza, apaixonado como sempre. — Você não precisa subir ao altar comigo. Não precisa fazer isso se não quiser.

— Mas eu quero.

— Tem certeza? — murmurei contra a sua boca.

— Eu só nunca vou assinar um papel de divórcio. Eu já disse isso? Não vamos nos separar.

— É para toda a vida, então? — sussurrei, roubando um beijo dos seus lábios.

Laura foi se acalmando sob as minhas mãos.

— Sempre, sempre — falou baixinho. — Senti tanto a sua falta.

— Morri sem você. Morri um pouco mais em pensar que poderia te perder. Eu ia fugir, *hermosa*.

— Eu vi isso. — Riu. — Mas você fugir por minha causa é uma prova de amor. Fugir porque não queria me obrigar. Não seria uma obrigação, Esteban. Não *é* uma obrigação. Eu te amo, *hermoso*. Te amo tanto que parece que há centenas de milhares de corações em mim, só para te amar.

— Linda, minha vida, meu amor. — Beijei uma vez, e mais outra, até que suas mãos tocassem a minha pele, e tudo em meu sangue esquentasse. — Eu vou fazer amor com você agora, mesmo sendo contra as regras, e depois te amar mais na lua de mel, quando for minha esposa.

— Não mais noivos por acaso.

— Chega de colocar a culpa no destino. Marido e mulher. — Sorri. — Porque queremos isso pra *carajo*.

Capítulo 09

Agora eu sei que todos os caminhos errados
Os tropeços e quedas
Me trouxeram aqui.
Ben Folds — The Luckiest

Rhuan

Discuti muito com minha mãe assim que descobri.

Uma coisa é você opinar e achar que as pessoas devem se casar, outra completamente diferente é organizar um casamento surpresa para todos os De La Vega e suas parceiras.

Sabia que isso era ideia da minha mãe, então tivemos uma discussão feia sobre limites, respeito e invasão de privacidade. Compreendia que ela achava que estava ajudando, mas nada que é obrigatório e imposto é saudável.

Então, Hilda De La Vega alegou que não era nada imposto se eu já tinha pedido Verónica em casamento, se Esteban também estava noivo e se Andrés pediria a mão da Natalia hoje. Não era imposto se todos da família concordaram, e se todos, por livre e espontânea vontade, compareciam à cerimônia porque queriam.

Minha mãe ganhou do meu argumento, ainda assim...

— *Corazón* — sussurrei contra os lábios da Nicki. — Não precisamos fazer isso. Tínhamos pensado em uma cerimônia reservada, algo pequeno e no civil. Minha mãe deve ter organizado uma festa enorme, todos os primos vão se casar juntos e...

— *Bello.* — Verónica segurou as laterais do meu rosto, e se afastou para que pudesse admirar meus olhos. — Eu me casaria com você aqui na frente de todos os seus primos, em uma festa enorme. Me casaria na beira da praia, sem ninguém além do celebrante e das testemunhas. Realmente acha que eu não iria me casar com você na frente de toda a sua família, da minha, de pessoas que são importantes para nós dois?

— Nicki...

— Não fica chateado com a sua mãe — Verónica falou. — Você sabe

MARIDOS POR *Acaso*

como as mães De La Vega são, elas só querem ver todo mundo feliz. — Sorriu. — Imagina se, no futuro, eu, Laura, Natalia, Victoria e Elisa fizermos a mesma coisa pelos nossos bebês?

Gargalhei.

— Vocês nunca fariam isso. — Beijei seus lábios. — Não desse jeito.

— Só um pouco pior — Nicki brincou.

Vinicius veio correndo até nós. Estávamos no quarto, com a porta aberta, e o nosso pequeno Vini estava corado, com as bochechas vermelhas, e suado, e minha mãe corria atrás dele.

— Estou tentando fazê-lo tomar banho — avisou. — Graças a Deus os preparativos do casamento estão prontos, ou eu teria ficado louca hoje. — Então, ela viu Verónica. — O que está fazendo aqui? Precisa começar a se arrumar.

— Mas já? — Nicki ficou assustada. — O casamento não é à noite?

— Os cabeleireiros precisam de todas as noivas o quanto antes. Natalia é a única que vai demorar um pouco mais para se arrumar, porque não sabe de nada ainda. Mas, Nicki, você precisa ir, querida. — Suspirou, enquanto eu pegava Vinicius no colo. — Seus pais já estão te esperando lá embaixo, e vocês precisam decidir quem serão os padrinhos e as madrinhas.

— Eu quero todos os meus primos ao meu lado — eu disse, engolindo em seco, enquanto Vini me observava com atenção. A emoção pareceu encher minha garganta.

— E as meninas vão querer estar lado a lado. As noivas podem ir se juntando assim que a cerimônia for acontecendo. Qual é a ordem dos casamentos?

— A renovação dos votos de Diego e Hugo. Então, Andrés, Esteban e você. — Hilda pareceu sonhadora.

— Papai, vai ter festa?

— Vai ter uma festa, sim, filho — falei com Vini. — E é por isso que você precisa ir com a vovó tomar banho, está bem?

— Tudo bem — ele concordou. — Mamãe, você vai?

— Mamãe vai, é claro.

— Vamos, Nicki — Hilda pediu, mas um segundo antes de a minha esposa sair, seu telefone tocou.

É incrível como o cérebro é capaz de agir rápido. Nicki e eu trocamos olhares por um milésimo de segundo antes de ela atender. Mas vi em seus olhos a mesma constatação que tive. Os gerentes do Enigma não nos ligariam enquanto estivéssemos viajando, apenas mandariam mensagens. Nossos familiares estavam conosco, então não havia motivo para uma ligação. O número na tela de Nicki não estava salvo nos seus contatos.

Meu coração imediatamente se apertou assim que minha futura esposa disse um trêmulo *alô*, seguido de:

— Só um minuto que vou colocar no viva-voz para o meu marido ouvir.

Meu. Marido.

— Mas vocês não são noivos? — Ouvi a pergunta. A voz era da responsável pelos processos da adoção.

A nossa Soraya.

— Vamos nos casar hoje — consegui dizer. — Verónica está indo se arrumar.

— Dá má sorte se ver no dia do casamento! — a mulher avisou.

— Eu disse isso para eles, mas ninguém me escuta — minha mãe resmungou.

— De qualquer maneira, eu liguei para dar uma notícia. — Suspirou. — Mas, antes. Parabéns pelo casamento, e espero que sejam infinitamente felizes!

— Obrigado — eu disse, enquanto minha *mujer* respondia *obrigada*.

Por favor, Dios. Por favor. Nos permita construir nossa família como sonhamos, fiz uma oração silenciosa.

— A papelada de vocês foi aprovada. Soraya poderá ir para Madrid por um período e, se a adaptação for bem-sucedida, ela poderá ficar com vocês. Os trâmites para a viagem da Soraya...

Parei de ouvir.

Parei de ouvir porque as lágrimas irromperam de dentro de mim como se eu estivesse presenciando um milagre. Eu estava com medo, mesmo tendo visitado Soraya várias vezes, porque fomos avisados de que o estilo de vida que levamos poderia ser um fator negativo para a aprovação. Adotar uma criança de outro país leva muito tempo, estávamos esperando tanto por isso, e eu não podia acreditar que finalmente chegou o momento em que poderíamos levá-la para casa.

Minha *dolcezza* me abraçou enquanto a mulher continuava a falar. Eu teria que agradecer a minha mãe por ter pegado o telefone e conversado com a responsável, porque Nicki e eu fomos incapazes. Com Vinicius entre nós, a gente chorou e se beijou, e eu queria sair correndo e pular, quase como se tivesse me tornado um adolescente de novo. Mas não era isso. Era apenas a felicidade de poder trazer Soraya para casa, receber a notícia no dia do meu casamento com a minha *mujer* enquanto o meu Vini estava nos meus braços.

— O que está acontecendo? — Os pais de Nicki entraram, mas foi a voz do pai dela que preencheu o silêncio. — Por que ela não foi se arrumar ainda? Vocês estão chorando? *Dio mio!*

— Papai... — Nicki disse, trêmula em meus braços. — Soraya virá para casa.

Vi as expressões da mãe e do pai da Nicki se converterem em choque. Então, as mesmas lágrimas que eu, Nicki e minha mãe derrubamos ressurgiram. Minutos depois, meu pai entrou. E quando ele soube, me abraçou enquanto ainda segurava o Vinicius, como se tivesse esperado a vida toda por isso.

Durante aquele abraço, me sentindo quase jovem demais com o meu pai, percebi que Lorenzo e Hilda De La Vega brigaram comigo e torceram o nariz por causa das decisões que tomei no passado apenas porque conheciam o filho que criaram, conheciam a mim. Ainda que eu tivesse me perdido no caminho, uma família era tudo o que eu mais queria.

Senti o coração do meu pai bater contra o meu e fechei os olhos.

Eu ia me casar.

E minha filha viria para casa.

Capítulo 10

Eu tiraria as estrelas do céu por você.
Plamina — You To Me Are Everything

Andrés

— Todo mundo sumiu — Natalia disse, andando pelo resort comigo.

Eu tinha pedido para a minha mãe me falar onde iria acontecer a cerimônia. O Moon Palace havia crescido não apenas em número de clientes, mas também em espaço. Agora, havia uma área enorme dedicada a casamentos.

Estávamos de mãos dadas, sem o nosso Tadeo por perto, apenas nós dois.

Abri um sorriso e não disse nada.

Eu tinha planejado pedir Natalia em casamento quando estivéssemos em um avião. Íamos almoçar juntos e depois voar em um monomotor. Ela não conseguiria ouvir o que eu ia dizer, então, nos comunicaríamos pelos fones de ouvido, que foi como nos conhecemos. Parecia fazer sentido. No entanto, desde que as coisas mudaram pela manhã, eu tive uma ideia diferente.

Levar Natalia para onde a cerimônia ia acontecer.

Falei com a equipe da organização do casamento para saírem da área e deixarem apenas para nós dois. Já podia ouvir os sons do violino conforme andávamos, e Natalia quis apressar o passo, curiosa para ver o que estava acontecendo naquele imenso espaço ao ar livre. Eu a soltei.

Natalia apertou o passo e caminhei calmante atrás dela, as mãos no bolso frontal da calça. Ela provavelmente não entendeu o motivo de eu me vestir tão formalmente para um almoço.

— Andrés? — Ela se virou para mim, assustada.

Não, eu não diria assustada.

Vi a emoção nos seus olhos, na forma como suas bochechas coraram, no amor que parecia traçar o seu rosto como se a própria emoção a tivesse desenhado.

— O que acha? — perguntei, apontando com o queixo.

A decoração era de tirar o fôlego, e eu sabia que, quando anoitecesse, ficaria ainda mais impressionante. Era em vermelho e marfim, assim como as cores dos nossos ternos. E as noivas, imagino, entrariam de branco, o destaque da noite, nossas *mujeres*.

As cadeiras estavam posicionadas, e parecia ter dedo da Carlie, embora eu não a tivesse visto desde que chegamos. Talvez ela não viesse, ainda que o relacionamento dela com Hugo e Victoria tenha sido tranquilo ao longo dos anos.

Esperei Natalia absorver a decoração evidente de um casamento. Ela começou a andar pelo tapete que ia de uma extremidade a outra, lendo o nome dos convidados nas cadeiras. Se ela ainda não tinha certeza de que esse casamento seria de um De La Vega, ou de todos, agora saberia.

Seus olhos pararam no imenso arco de flores, o espaço dos noivos, padrinhos e celebrante. O violino continuava a tocar, uma canção tão antiga quanto o amor, e notei lágrimas nos olhos da minha *pasión* quando ela viu a mesa do nosso almoço.

— Você vai se sentar? — perguntei, tranquilo, como se eu tivesse feito isso várias vezes, como se tivéssemos vivido essa cena mil vezes, em outras mil vidas.

— Andrés...

Abri um sorriso.

E me ajoelhei.

— Você gosta de me colocar de joelhos, mas dessa vez é por outro motivo. — Engoli em seco quando vi seus olhos brilharem. — Eu sei que a nossa vida é confortável, sei que estamos tranquilos assim, mas quero te chamar de Natalia De La Vega, e quero caminhar com você como o seu marido por esse tapete, esta noite. Eu sei que tudo parece repentino, e realmente é um pouco, mas... — Fiz uma pausa, coloquei a mão dentro do bolso da calça e tirei a caixinha da Tiffany.

Abri, mostrando para Natalia o anel de diamantes, com uma pedra amarela no centro, que me fazia lembrar da cor dos seus olhos sob o sol.

Senti as lágrimas descerem pelo meu rosto, porque eu amava aquela mulher. Amava Natalia o suficiente para não imaginar uma vida sem ela. Isso era impensável. Eu só queria o nosso para sempre.

Ela chorou comigo e levou as mãos à boca quando soltei a respiração.

— Você já é a minha esposa, Natalia. — Minha voz saiu mais trêmula do que eu pretendia. — Você é a minha esposa porque a minha mente é casada com a sua, nossas vibrações de pensamentos, nossos hábitos, tudo o que é meu é seu. Você já é a minha esposa, porque me sinto casado com você desde antes de ver essa aliança no seu dedo. Me sinto casado com você porque, naquele dia em que te pedi em namoro, eu sabia que nunca mais te deixaria ir embora.

— Andrés, *Dios*...

— Então, por favor, não se assuste. Não se assuste de eu te amar a ponto de querer ser o seu marido. Não se assuste pelo contrato, você ainda vai ser livre, e sempre vai ser livre, eu só quero que faça isso ao meu lado, para sempre, até o último dia da minha vida. No meu último dia, Natalia, tudo o que eu quero fazer é saber que te amei com tudo de mim e que fui amado de volta. — Prendi a respiração. — Por favor, me dê a honra de viver o resto da minha vida com você?

Natalia fez eu me levantar e me beijou com tanta força que a aliança quase caiu no tapete. Sorri contra a sua boca, sentindo o amor que construímos se expandir e atingir um tamanho impensável. Enquanto o violino nos embalava, dancei com ela.

— Eu quero me casar com você. Sim. Por favor. Sim — murmurou, seus lábios colados nos meus. — *Ay, mi sueño.* Estou tão feliz!

— Acho que você percebeu que vamos nos casar logo, não é?

Natalia riu contra a minha boca.

— Foi um plano das mães De La Vega? — perguntou.

Minha inspetora.

— Foi. — Fiz uma pausa. — Mas o pedido de casamento...

— Você já ia fazer, certo? Não teria como comprar uma aliança da Tiffany sem encomendar. — Seus olhos brilharam sob os raios do sol. — Eu sabia que tinha alguma coisa estranha sobre essa viagem. Você estava ansioso, mas também vi a ansiedade das mães De La Vega. Agora tudo faz sentido. Você ia me pedir em casamento, sem saber que o casamento ia acontecer mais cedo do que esperava.

Eu ri, sentindo as lágrimas secarem no meu rosto.

— Você entendeu tudo.

— Esqueceu que pensamos igual? — sussurrou.

Peguei sua mão e deslizei o anel pelo seu dedo. Natalia fez o mesmo comigo e nos beijamos mais uma vez, e outra vez, até esquecermos o almoço e sermos lembrados pela equipe de organização de que Natalia precisava começar a se arrumar.

— Te vejo no altar — Natalia murmurou, depois de comermos mais rápido do que eu gostaria.

— *Pasión.*

Ela me olhou antes de ir.

— Você é a noiva mais linda do mundo, amor.

Natalia riu, subitamente tímida.

— Sou? Mas você nem me viu com o vestido ainda.

— Não preciso. — Fiz uma pausa. — Você é linda o tempo todo.

Capítulo 11

Você faz meu coração sentir como se fosse verão
Quando a chuva está caindo.
Matt Johnson feat. John Adams — The One

Esteban

As horas passaram voando. Cinco cerimônias em um dia ia ser loucura. Não fazia ideia de como as nossas *mujeres* iam se arrumar a tempo, e acho que a renovação dos votos de Victoria e Hugo, Diego e Elisa teria que acontecer sem as outras noivas, porque elas não estariam prontas. E estragaria a surpresa de vê-las entrando.

Ajeitei a gravata e o terno vermelho, parecido com o do Andrés, mas com algumas variações. Tinha servido em mim como uma luva. Não me surpreendia porque eu tinha muitos ternos, e deixei alguns na Espanha quando visitei minha mãe no ano passado, então não era de se surpreender que Maribel tivesse minhas medidas exatas.

Puta madre.

Eu vou me casar.

E Laura estava grávida.

Duas notícias que eu mal podia acreditar me confrontaram quando me olhei no espelho com um sorriso gigante. Prometi a mim mesmo que não choraria, eu não ia fazer isso, havia uma equipe de filmagem. Meus filhos e os filhos dos meus *hermanos* veriam as gravações no futuro, e eu não podia aparecer me debulhando em lágrimas, *carajo.*

Lancei um olhar para trás e vi Andrés, Hugo, Diego e Rhuan com a mesma tonalidade de vermelho do meu terno.

Senti meu maxilar tensionar.

E peguei uma taça de champanhe, virando-a em um gole.

— Cadê os menininhos lindos da família? — Minha mãe entrou com todos os nossos pais. Meu pai abriu um sorriso emocionado assim que me viu, seguido pelos pais de Rhuan e Andrés. Todos abraçaram Hugo e Diego, e depois foi a nossa vez. — Ah, meu bebê! Você está tão lindo, meu filho!

— Mãe, não sou bebê faz tempo. — Ri, abraçando-a. Minha mãe era linda e estava incrível no vestido de festa. — E aí, estou bonitão?

— O terno é perfeito para você. — Ela me mimou, ajeitando a gravata e o delicado lenço da lapela.

Observei minha mãe ali, tão perto de mim, e meu pai, que se aproximou para me dar um abraço bem forte, e pensei em tudo o que passamos para chegarmos até ali. Agora, nossa vida financeira era incrível. A saúde mental dos meus pais estava ótima. Eles estavam curtindo a vida, aproveitando a neta sempre que iam para os Estados Unidos, ou que eu viajava com a família para a Espanha.

Eu sabia que apenas mais uma notícia tornaria esse dia ainda mais inesquecível para todos nós.

— Peguem as taças de champanhe — pedi, pegando uma para mim, observando os rostos ansiosos e apaixonados dos meus *hermanos*, o olhar de orgulho dos nossos pais, e respirei fundo.

— O que houve, filho? — foi o meu pai quem perguntou.

Olhei diretamente para ele e para minha mãe.

— Conversei com a Laura antes de cada um ir para o seu canto se arrumar. Ela vai contar para metade da família e eu para a outra metade enquanto nos vestimos. — Engoli em seco, a emoção fazendo cócegas na garganta. — Laura me disse que está grávida.

Não sei em que momento todo mundo começou a gritar, mas ouvi outro champanhe estourar, minha família rir e se emocionar, e então todo mundo se aproximou para me abraçar. Vivi a sensação de que a vida estava completa. E quando Rhuan anunciou que Soraya viria para casa, eu soube.

Dios, eu soube.

Éramos os homens mais sortudos do universo.

— Vamos terminar de nos arrumar e ir para o altar — Hugo disse, emocionado. — Quero apenas prometer de novo e de novo que vou ficar ao lado da Victoria para sempre, mas também quero prometer aqui para vocês que... estamos juntos. Somos a melhor família do mundo! *Carajo*, tenho muito orgulho de nós!

— Chegamos até aqui, *hermano* — Diego falou a frase que era marca registrada dos irmãos.

— Chegamos até aqui — Hugo murmurou de volta.

Uma sensação agridoce encheu meu peito. Eu me lembrava dos pais de Hugo e Diego, e de como a tragédia tinha assolado nossa família. Depois, a perda da tia-avó Angelita. E como tudo foi sombrio quando meus pais ficaram em uma situação financeira delicada. Os De La Vega sofreram em muitos níveis. Mortes e perdas financeiras. Nenhum de nós veio da riqueza, não tivemos berço de ouro, nós mesmos fizemos o dinheiro. E se hoje conseguíamos cuidar do conforto um do outro, era tudo o que importava. No entanto, algumas dores, como a saudade, isso nenhum dinheiro era capaz de amenizar. Então, quando o meu pai, o pai do Andrés e do Rhuan puxaram Hugo e Diego como se fossem seus filhos, não consegui segurar as lágrimas. Fomos abraçados por nossas mães enquanto isso.

Nossa família brigava e era imperfeita.

Mas os De La Vega sabiam amar como ninguém.

— Vamos casar, *hombres*! — Diego anunciou.

— *Vámonos* — dissemos todos juntos, brindando, felizes.

Abraçamos esse momento que, eu sabia, ficaria para sempre gravado em nossos *corazones*.

Capítulo 12

O amor é para sempre.
Gary Barlow — Forever Love

Rhuan

Quando vi que chegaram mais convidados, não acreditei. *Carajo*. A cerimônia de casamento dos De La Vega acabou sendo um evento para mais de duzentas pessoas. Vi rostos ali que não imaginei ver, como o bilionário Adam Miller, que fechou contrato com a Freedom, e toda a sua família. Angel, a senhora que foi vizinha da Laura, com todos os seus filhos, abraçou Esteban e disse que era uma grande surpresa. Ele ficou mesmo emocionado ao vê-la. Meu administrador, Mario, e toda a sua família, além de outros gerentes do Enigma. E não acreditei quando minha cacatua voou para o meu ombro, baixando a cabeça para receber carinho, e depois voltar para as mãos da sua babá, a amiga da minha mãe. Então finalmente vi Carlie, a ex do Hugo, com o marido e os três filhos. Vi também todos os policiais que trabalhavam na delegacia com o Andrés.

No entanto, definitivamente, o que mais me surpreendeu foi ver a banda The M's. A Freedom fez o casamento do baixista no Rio de Janeiro e organizou algumas turnês e viagens das equipes da banda. E Hugo continuou orientando Kizzie com contratos dos rockstars, mas, caramba... não imaginava que eles viessem em um casamento de última hora.

— Ficou sabendo que não é só o nosso casamento que vai acontecer hoje? — Esteban murmurou, em tom de fofoca.

Eu ri.

— Ah, é?

— Vick estava me contando que prestou consultoria para o Moon Palace. Você sabia?

— Sim — respondi.

— O Moon Palace abriu um espaço que funciona como um novo resort, mas é exclusivo para casamentos. É separado daqui, mas lá acontecem várias cerimônias ao mesmo tempo. Eu fui espiar, e vi que está rolando pelo menos uns três casamentos no resort vizinho.

— *Carajo*. Todo mundo resolveu se casar hoje? — Andrés riu.

— Acho que sim. — Hugo sorriu.

— Que sejamos felizes — desejei.

— Já somos — Diego disse.

Conversar sobre coisas triviais ajuda a reduzir o nervosismo, a ansiedade. Eu sabia que a emoção não era só minha. Estávamos apenas os homens no altar, esperando a renovação dos votos de Hugo e Victoria, de Diego e Elisa. Então, depois que isso acontecesse, íamos voltar para o quarto, esperar um pouco, e com cerimônias separadas, mas acontecendo no mesmo dia, todos nós íamos nos casar.

A ordem da cerimônia seria: Andrés, Esteban e eu, por último.

Depois, faríamos uma grande festa.

Comemoraríamos o amor e as vidas novas que estavam chegando para a família. Comemoraríamos o casamento e a assinatura de um documento que faria a minha Nicki ser a minha Verónica De La Vega. Esse nome soava nos meus lábios como se sempre tivesse sido assim. Como se fôssemos casados desde sempre.

— Como estão se sentindo? — perguntei para Diego e Hugo.

Eles sorriram.

— Eu me caso com a Vick todo ano, mas, ainda assim, fico com o frio na barriga como da primeira vez.

— Elisa vai subir nesse altar e eu vou chorar como uma criança. — Diego fez todo mundo rir. — Não ajuda nada os nossos filhos estarem na primeira fila.

Nossos pais estavam ali com os netos. Juliana, a garotinha de Elisa e Diego, estava acenando para o pai. Adrian, filho de Vick e Hugo, estava de mãos dadas com Juliana, e então percebi que todas as crianças estavam de mãos dadas. Tadeo, o menino de Andrés e Natalia, parecia tão ansioso quanto o pai. Camila, a pequena de Laura e Esteban, estava com seus olhos verdes brilhantes admirando o pai. Vinicius, o meu garoto, saiu da formação da fila e veio correndo até mim antes que minha mãe pudesse pegá-lo.

— Papai, por que a mamãe não está aqui?

Eu me abaixei e fiquei na altura dos seus olhos.

Ajeitei o seu terno e a gravata-borboleta, que o faziam parecer um rapazinho. Não conseguia imaginar a beleza do Vinicius na vida adulta, mas eu sabia que Nicki e eu teríamos muito trabalho pela frente.

— Mamãe está se arrumando como uma princesa, e ela vai ser a última a aparecer, mas você vai ver o papai e a mamãe dizendo coisas bonitas um para o outro bem aqui, só que mais tarde. — Eu sabia que ele não entenderia o conceito de casamento. — Lembra quando você subiu no sofá e quis pular com a Dulce?

Vinicius assentiu, o semblante tão sério quanto o meu.

— Mamãe fez você prometer que não ia mais pular do sofá, porque é perigoso e machuca.

— Aham, papai.

— Eu vou prometer para a mamãe hoje que não vou saltar do sofá também.

Vinicius ficou surpreso.

— Você ia saltar do sofá, papai?

— Não como você, mas eu quero que ela não tenha medo de que seu papai faça coisas assim. Consegue entender? Quero que sua mamãe se sinta segura comigo, assim como você se sente seguro com a gente.

Vinicius olhou para os seus tios e depois para mim.

— Vocês vão fazer promessas?

— Isso, mas promessas de amor. — Fiz uma pausa. — Como, por exemplo, eu prometo ser o melhor pai do mundo para você, eu prometo me esforçar todos os dias para a gente conseguir brincar e então dar frutas para a Dulce e assistirmos desenho animado. Prometo que, toda vez que você tiver férias da escola, o papai e a mamãe vão te levar para algum lugar incrível.

Vinicius sorriu.

— Eu gosto de promessas, papai!

— É? Nós vamos prometer muitas coisas um para o outro aqui. — Ajeitei seu pequeno terno. — E talvez você não entenda tudo agora, filho, mas depois vai entender.

— Promete?

Sorri.

— Eu prometo.

Beijei sua testa, e Vinicius voltou para o colo da minha mãe, que já estava se emocionando antes de a cerimônia começar.

Então a música começou a tocar.

Elisa entrou carregando um buquê de flores, com um vestido branco delicado, seu semblante suave e doce. Diego estava próximo ao celebrante, torcendo as mãos como se não soubesse o que fazer com elas.

Anos atrás, eu teria rido. Teria desacreditado do nervosismo de um homem diante da sua mulher caminhando até o altar. Mas eu podia sentir o mesmo gelo das veias do Diego, e seria o último a me casar.

Puta madre.

A ansiedade começou a me comer vivo enquanto ouvia a renovação de votos de Diego e Elisa, que foi linda, por sinal. Juliana, a filhinha deles, quis prometer que sempre amaria seu papai e sua mamãe, o que fez todos os convidados chorarem.

Quando foi a vez de Victoria entrar, de braços dados com o pai, percebi que o gelo em minhas veias só aumentava. Não sei o que seria de mim quando Natalia entrasse, e depois Laura. Por último, a minha futura esposa.

Avaliei minhas emoções.

Por que eu estava tão nervoso?

Pensei por alguns segundos enquanto Hugo beijava Victoria.

Eu quero isso desesperadamente.

A vida e a rotina foram adiando esse momento, esse exato instante em que Verónica se tornaria minha esposa, mas eu queria vê-la no altar, eu precisava vê-la vestida de noiva e prometendo que ficaria comigo na alegria e na tristeza, na saúde e na doença... porque nós já estávamos fazendo isso, mas a concretização da nossa união pareceu tão imprescindível quanto respirar.

Eu precisava ser o marido dela.

O homem que juraria que não sairia do seu lado.

O pai de todos os filhos que quiséssemos colocar no mundo.

O cara que sempre cuidaria da sua mente e do seu coração.

— Chegou a minha vez — Andrés disse, sorrindo, tão tranquilo que me surpreendeu.

— Você está bem? — sussurrei.

Seus olhos castanhos cintilaram.

— Eu vou ser o marido de *una mujer* que nasceu para ser minha em todos os aspectos. Eu vou ser o cara dela para sempre. Já tinha essa intenção, mas agora vou poder prometer isso na frente de todas as pessoas que importam para nós. — Andrés sorriu largamente. — Eu tinha medo, mas percebo que estou pronto pra *carajo,* Rhuan. Eu quero o resto da minha vida com a Natalia.

— Acabei de pensar a mesma coisa. — Pisquei, um pouco chocado.

— É, eu também. — Esteban riu. — Sem fugir, *hermanos*. Vamos abraçar o destino dos De La Vega.

Hugo e Diego voltaram para o nosso lado enquanto Victoria e Elisa se posicionaram como madrinhas.

— Prontos, vocês três? — Diego perguntou.

Quando respondemos juntos que sim, percebi que isso não tinha nada a ver com a cerimônia em si.

Estávamos prontos para usarmos a promessa de um De La Vega.

Estávamos prontos para escrever nossas palavras em pedra.

Através do mundo e de quem estivesse presente.

Estávamos prontos para jurarmos que o amor não ia a lugar algum.

Ficaria aqui, para sempre.

Capítulo 13

Eu sinto isso no meu corpo
Conheço na minha mente

Oh, eu vou te amar por um longo tempo.
Mateo Oxley — Love You For A Long Time

Andrés

Não sei quem teve a brilhante ideia de unir harpas, violinos e teclado. Talvez Victoria tenha conversado com seus amigos da The M's, porque a trilha sonora do casamento parecia digna de um filme.

Tentei manter o maxilar firme, as mãos cruzadas à frente do corpo, uma mão segurando a outra como se eu não soubesse o que fazer com elas. Tentei me manter em pé, porque a *mujer* que com certeza foi destinada a mim estava prestes a entrar.

Eu precisava me manter em pé.

Embora meu coração estivesse batendo com a força de mil vidas, embora eu não conseguisse olhar para ninguém enquanto esperava Natalia chegar, embora parecesse que meus joelhos não fossem aguentar, eu ainda estava ali.

Hugo me mostrou uma caixinha com as alianças.

— Não perdi nenhuma aliança dessa vez. — Ele riu, tentando me acalmar.

— Você comprou? — Fiquei surpreso o suficiente para tirar os olhos da minha frente. As alianças de ouro eram lindas, cravejadas com diamantes, com os nossos nomes e a data do casamento gravados.

— As tias De La Vega compraram.

— Para todos nós? — Esteban perguntou, chocado.

— Temos alianças para todos vocês — Diego garantiu. — Como se casa sem alianças?

— É, isso quase nos ferrou anos atrás. Vocês se lembram? Eu perdi e foi a Victoria quem encontrou os anéis do seu casamento, Diego. Você quase não se casou, não foi? Mas foi assim que tudo começou. — Hugo voltou a dar risada. Sua mão tocou o meu ombro. — Você está bem?

Engoli em seco.

— Não sei. Vou ficar bem quando a vir. — Fiz uma pausa. — Nem consigo imaginar Natalia caminhando para outro lugar que não os meus braços, mas estou com medo de ela mudar de ideia.

— Medos são irracionais — Rhuan disse. — Você sabe que ela te ama e vai entrar, mas o medo de que não aconteça é mais apavorante do que qualquer outra coisa agora. Eu sei, porque sinto o mesmo. Só quero que Nicki venha logo e eu possa prometer que a amo com tudo de mim e para sempre.

— *Carajo*, e eu achei que era o mais romântico da família. — Esteban riu.

— Eu pedi Victoria em casamento em todos os lugares do mundo — Hugo murmurou.

Nós calamos a boca.

— Está bem, Hugo. — Bati no seu ombro. — Só não perca as alianças.

— Meus bolsos estão cheios de caixinhas. — Hugo sorriu. — Vou casar os meus *hermanos*.

— Somos os melhores padrinhos do mundo. — Diego piscou para mim.

— Vocês são — garanti. E respirei fundo. — É normal a noiva demorar tanto? — perguntei, ansioso, procurando-a com os olhos.

E como se eu a tivesse conjurado, do mesmo jeito que fiz quando estava pensando nela e Natalia bateu à porta da minha casa anos atrás, dizendo que me queria, que me escolhia, eu a vi entrar.

Roxanne começou a cantar com sua voz angelical, mas meu coração flutuou no peito ao ver a minha *pasión*.

Natalia De La Vega, porque logo esse seria o seu nome, surgiu com o nosso filho segurando sua mão de um lado, e o seu pai trazendo-a até mim do outro.

Tadeo estava tão feliz de levar a mãe, mesmo que ele não entendesse a dimensão do que significava, que eu estava feliz por nossas mães terem pensado em gravar a cerimônia, para que nosso filho pudesse ver esse momento no futuro.

O momento em que os dois amores da minha vida caminharam até mim.

Mierda. Tirei um tempo para olhá-la. Dos pés à cabeça. Seu vestido de noiva era tão sexy quanto a sua personalidade. Só que nada na porra desse mundo me prepararia para ver a minha Natalia de noiva.

Minha noiva.

Minha *mujer*.

Carajo, se eu dissesse que ela estava linda, seria o mais pobre dos elogios. Natalia parecia carregar toda a beleza do mundo, como se fosse desenhada e esculpida pelo artista mais talentoso. Ela nem parecia real. Parecia uma miragem, algo que nem eu seria capaz de imaginar, talvez nem *Dios*.

O decote do vestido era suave, mas a fenda na coxa, em um vestido que me implorava para arrancá-lo, me fazia querer pular logo para a lua de mel. Sua cintura fina estava apertada em uma espécie de corpete, e a saia longa descia até seus pés como se a abraçasse. Seus ombros estavam cobertos com uma espécie de manga curta que, de propósito, caía suavemente, revelando sua clavícula e o colar com a inicial do meu nome.

A, de Andrés. *Minha*.

Quando finalmente tive coragem de olhar para o seu rosto, meu coração parou de bater e as emoções deslizaram pelas minhas bochechas.

Natalia estava com seu lindo cabelo solto, e havia uma flor vermelha prendendo a lateral direita. A maquiagem suave me levou até os seus olhos, que estavam marejados, enquanto eu já estava chorando.

Não me lembro da cor do buquê ou de que tipo de flores minha noiva carregava — nada importava —, porque seus olhos estavam em mim, e eu estava desabando de amor. Me desmontando de uma paixão que teria me feito atravessar o mundo por sua causa, se fosse preciso. Não importava se Natalia nunca tivesse sido minha subinspetora, ela teria me tido como a Anônima, e teria me feito cruzar os continentes por sua causa. Se estivéssemos em qualquer lugar do mundo, em qualquer dimensão, eu teria achado uma forma de encontrá-la.

Justamente para viver esse momento.

Agora.

Enquanto ela caminhava até mim, trazendo em cada passo a promessa de que não sairíamos do lado um do outro.

— Amem um ao outro — o pai de Natalia disse. Ele não era apenas o pai da Nani, como também havia se tornado um segundo pai para mim. A distância nunca impediu que nos conectássemos. — Mesmo quando for difícil.

— Eu vou cuidar dela — prometi.

Ele sorriu.

— Não tenho dúvidas disso.

— Não chora, papai — Tadeo me pediu, e me abaixei para dar um beijo na sua testa.

— Papai está chorando de felicidade — sussurrei. — Vai me ajudar a cuidar da mamãe pelo resto da vida, *pequeño*?

— Aham! Vou, sim! Juro! — Tadeo respondeu, e o meu segundo pai o levou no colo.

Foi quando me levantei e vi Natalia à minha frente, sentindo o meu coração explodir e as lágrimas descerem em uma torrencial, que eu soube que vivi por esse momento.

Todos os passos que dei na minha vida me levaram até Natalia. Como se o destino estivesse nos trazendo para perto um do outro esse tempo todo.

Uma *mujer* que me apoia, que me entende, que me aceita e que ama as mesmas coisas que eu amo, como se tudo pertencesse a ela, porque pertencia. E era. Cada coisa que me tornava o Andrés, era da Natalia.

Eu era dela.

Toquei seu rosto, fazendo um carinho na sua bochecha, admirando sua fisionomia, para gravá-la. Para tê-la. Porque se eu pudesse escolher a última memória do meu último dia na Terra, seria essa.

— Consigo ver o amor nos seus olhos — ela sussurrou.

— Eu sei. — Fiz uma pausa, a voz trêmula. — Consegue ver a eternidade desse amor também?

— Consigo. — Sua voz estremeceu.

— Então vamos jurar perante a vida que seremos eu e você até o fim dos tempos, *pasión*.

Capítulo 14

O amor está ao meu redor
E assim o sentimento cresce
Então se você realmente me ama
Venha e deixe-me te mostrar.
Sleeping At Last — Love Is All Around

Esteban

A cerimônia de Andrés e Natalia foi uma das mais lindas que eu já tinha visto. As promessas que fizeram um para o outro, mesmo sendo um casamento sem votos escritos e planejados, apenas vindos do coração, me fez perceber que talvez... é, talvez seja bem melhor se casar sem planejamento. Você não se compromete com pensamentos e ações, fala o que quer dizer, o que vem de dentro. Você fala o que *é*.

Diferente do Andrés, eu não estava nervoso para Laura entrar. Sentia a ansiedade, sim, mas não como se eu mal pudesse respirar. Se não tivesse conversado com a minha noiva antes desse momento, sim, estaria pirando, porque esse nunca foi o sonho dela.

Se vestir de noiva e caminhar até mim.

Mas ela veio.

Laura Ingrid não apareceu com um vestido clássico. Ela veio da forma mais sexy que eu poderia imaginar e, mesmo assim, nada do que eu poderia sonhar chegaria perto.

Ela disse que jamais colocaria um vestido de noiva.

E cumpriu sua promessa.

Laura estava com uma calça social branca, de cintura alta, e um corpete branco com detalhes em cristais. Não havia mangas, era totalmente sem alça, justo na cintura e porra, *carajo*, o que eram aqueles peitos? Ela estava com o cabelo cacheado solto, uma tiara de diamantes e um mini véu; era a "noiva" que Laura se permitiria ser. Em sua boca, o mesmo batom vermelho que me provocava desde sempre. Em seus dedos, o buquê de rosas. E quando desci os olhos para os seus pés, naqueles saltos altos vermelho-vivo, marcando o carpete a cada passo, percebi que ela realmente estava...

Vindo.

Até mim.

Mierda.

Mierda.

Mierda.

— Porra, ela...

— É, eu sei — Hugo falou.

— Laura está impecável — Diego elogiou.

E ela me deixou ainda mais nervoso, a ponto de quase me fazer perder a cabeça, quando a vi parar no meio do caminho do altar.

Mas havia um motivo.

Ela olhou para o lado e viu os roqueiros da The M's sentados com suas esposas.

E, surpreendentemente, parou sua caminhada de noiva para tietar os rockstars por poucos segundos. Abraçou os quatro e se recompôs, segurando o buquê e voltando a dar o braço para o pai.

Contei cada passo que ela deu.

Até o seu pai finalmente trazê-la para mim.

E eu tentei respirar e olhar dentro dos seus olhos.

Aquelas íris verdes.

Sua presença.

O amor da minha vida.

— Você está perfeita — eu disse, assim que paramos em frente ao celebrante. — *Dios, hermosa.* — Toquei seus ombros nus, subi até o seu pescoço, pairei com o polegar no seu queixo e levou tudo de mim para não a beijar na boca. Passar a noite sem a minha Laura me deu saudade. Saudade do seu corpo. De como pertencíamos um ao outro. Meu coração estava batendo com tanta força que acho que todos podiam ouvir. — Você é a noiva mais perfeita da história, porra. É sério.

O celebrante pigarreou.

— Pode nos dar só um segundo antes de começarmos? — pedi a ele, que assentiu. — Eu realmente preciso de um tempo antes, ok?

— Tudo bem, quanto tempo quiserem.

As pessoas começaram a murmurar, preocupadas. Mas eu não estava repensando. Só precisava de um momento para fazer uma coisa. Uma coisa que deveria ter feito anos antes. Laura não sabia e, na real, nem eu sabia que faria, até sentir vontade.

Laura tocou meu peito, como se garantisse que não havia pressa. Seu corpo se colou ao meu quando ela beijou meu queixo. Toquei sua cintura e fechei os olhos.

— Se alguma parte sua teve medo de eu não chegar até aqui, espero que saiba que eu vim. Sou sua e vou ser sua até você ficar velho e rabugento — sussurrou.

Gargalhei enquanto colava meus lábios na sua testa. Não percebi que estava chorando até Laura subir as mãos e secar minhas lágrimas no momento em que nos afastei.

— Imagina a Central de Reclamações quando estivermos idosos? — perguntei.

Laura riu. Na frente de todo mundo. Uma pausa nas cerimônias, uma pausa para afastarmos o nervosismo, e sermos só nós. Mesmo que ninguém entendesse, não importava. Não precisa fazer sentido para ninguém, além de nós.

— Eu vou reclamar que você roubou a minha fralda — disse ela.

Todos os convidados riram e eu beijei sua bochecha, em um misto de euforia, alegria e amor.

— Obrigado por se casar comigo.

— Ainda não nos casamos.

— Mas vamos — avisei.

— Vamos — prometeu, seus olhos subindo para os meus, e engoli em seco. — Eu vou ser a sra. De La Vega, a sua esposa, e virar oficialmente a irmã da Victoria. Ter o sobrenome da minha filha e me preparar para ser a futura tia Hilda, cobrando os casamentos da próxima geração.

Eu ri de novo.

— Por agora, só te quero como minha esposa.

— Só por hoje? Não dá para a gente pedir divórcio amanhã. Eu avisei que a gente não vai se separar, Esteban.

— Pelo resto da vida — prometi. — Fica comigo pelo resto da vida?

E então, eu me ajoelhei.

Porque me dei conta de que nunca tinha pedido Laura em casamento. Me dei conta de que, quando coloquei aquela aliança no seu dedo, foi por causa de uma mentira. E nós dois apenas decidimos que seríamos noivos para sempre. Mas ela estava ali, no altar, antecipando um sim que eu queria ouvir antes do sim como minha esposa.

— O que você está fazendo? — Laura piscou várias vezes.

— Te pedindo para se casar comigo.

— Mas estamos fazendo isso! — Ela gargalhou.

— Estou falando sério. — Sorri, ainda chorando como um idiota. — Quer se casar comigo?

— Eu quero, Esteban! Estou bem aqui! — Ela riu e todo mundo aplaudiu.

Me aproximei e a abracei, tonto de amor, louco por ela, viciado no seu cheiro e no seu corpo, no seu lindo coração, e ansioso para o que o futuro nos reservava. Eu a amava como se a palavra amor fosse minúscula perto do que eu sentia.

— Está meio tarde para pedir em casamento quando um casamento já está acontecendo, né? — Rhuan brincou.

— É que eu tinha pulado essa parte — avisei.

— *Dios*, os De La Vega não têm jeito. — Ouvi a voz da Elisa e abri um sorriso.

— Vocês fizeram tudo ao contrário. — Vick riu.

Me ajeitei e segurei a mão da minha futura esposa.

— Pode começar — falei para o celebrante. — Estou pronto para dizer sim. — Fiz uma pausa. — Foi *spoiler*?

— Não pule nenhuma parte. Eu quero os votos, quero tudo o que tenho direito — Laura avisou ao celebrante. — Preciso arrancar umas promessas antes de dizer sim para o meu noivo.

Todo mundo riu de novo, e lancei um olhar para o lado. Laura gargalhava, com aquele terno de noiva sexy, parecendo tão minha.

Minha pelo resto da vida.

Nada com a gente tinha sido normal, fizemos tudo ao contrário, mas estávamos ali. Com filhos, futuro, estabilidade, viagens, férias e uma família unida. Eu era tão rico, não por causa do dinheiro, mas por tudo o que a vida tinha me dado.

Laura era o meu maior tesouro.

E eu ia passar o resto da minha vida fazendo a Poderosa Noivinha rir.

Não, Minha Poderosa Esposa.

Só para que eu soubesse que as rugas que nasceriam no cantinho dos seus olhos eram minhas.

Só para que eu soubesse que seu coração era meu.

Só para que a sua felicidade me abraçasse.

De agora para todo o sempre.

— Eu quero muito ser o marido dessa *mujer* — disse, quando chegou a hora do meu sim, e comemorei com um soco no ar a hora em que Laura disse sim para mim também.

Ouvi os aplausos.

E tomei Laura em meus braços como se não pudesse viver sem ela.

Eu não poderia.

Mas não contem para o Rhuan, ou ele vai dizer que preciso de terapia.

O amor é isso.

É entrega.

Eu me colocaria na palma das mãos da Laura a cada minuto da minha vida se isso significasse a nossa eterna felicidade.

Capítulo 15

Eu te dou minha vida
Não pensaria duas vezes
O seu amor é tudo do que preciso
Acredite em mim.
Nick Lachey — *This I Swear*

Rhuan

— Se em algum momento da nossa jornada a vida se tornar insustentável, eu vou estar lá por você. Vou conversar e te ouvir. Sempre vai existir diálogo entre nós. Eu prometo ficar, mesmo se nos machucarmos eventualmente, porque não me imagino não lutando por nós. Vou sempre lutar por você, pelo nosso amor. Não há a possibilidade de um futuro sem você, Verónica. — Fiz uma pausa, as lágrimas descendo pelos nossos rostos. — Se em algum momento da nossa história o amor tirar férias, eu vou trazê-lo de volta. Vou resgatá-lo. Prometo fazer você se apaixonar por mim, assim como eu me apaixono por você a cada minuto de cada dia que passa. Vou te conquistar e ser o homem que você merece. Mesmo se eu não for esse cara ainda, vou lutar para ser. Prometo nutrir o nosso amor, não importa o que aconteça. Somos eu e você. Somos nós, Nicki. Daqui até o para sempre.

— O nosso amor nunca vai tirar férias. — Ela riu, enquanto chorava.

— Vamos mantê-lo em casa, *corazón* — jurei.

Prometi todas as coisas clássicas, mas prometi o que também precisávamos. Prometi que seríamos mais do que um casal, seríamos parceiros de vida. Eu carregaria meu título de marido da Nicki com orgulho.

— Serei o seu melhor amigo, o seu namorado, o seu amante, o seu noivo, o seu marido. O seu suporte. Eu vou ser tudo o que você merece, porque você é mais do que mereço. E se eu tiver que passar todos os meus dias alcançando o que você representa para mim, compensando a sorte que o destino me deu, então que assim seja. Porque eu não escolheria um futuro mais doce, eu não escolheria nada diferente, além de ter você nos meus braços daqui até o meu último suspiro. E eu prometo te amar. Prometo honrar o milagre de ser amado por você. E serei grato a cada segundo, a cada segundo desse casamento, por você querer ser minha, Verónica.

Amar e ser amado era um milagre. Um milagre que todas as manhãs me fazia relembrar todos os momentos que me trouxeram até aqui com ela.

Se todas as pessoas entendessem que um casamento não é um conto de fadas, saberiam que é necessário lutar todos os dias por quem se ama. Entender as variações e as evoluções de cada um, saber que a pessoa com quem decide se casar vai mudar. E você também vai. Está tudo bem.

Se ambos conseguirem se apaixonar todos os dias por esse novo alguém, o casamento será eterno.

E era isso o que me mantinha ali, em pé ao lado de Nicki — saber que ela poderia mudar e adquirir mil novas manias, mil novos hábitos e até parar de achar graça do que achava divertido agora, ou inventar um hobby como escalar montanhas ou querer pescar nos finais de semana.

Ela poderia se tornar quem quisesse, eu sempre me apaixonaria por Verónica De La Vega, porque ela nasceu para pertencer a esse amor, porque eu nasci para pertencer a ela.

É mais forte do que a promessa de ser o seu marido.

Mas eu sabia que o que estava no meu coração era o que realmente valia.

— Eu te amo além do que o amor é capaz de alcançar, Verónica.

Ela prometeu que cuidaria de nós, que cuidaria dos nossos filhos, que cuidaria para que nossa conexão sempre fosse forte. Prometeu que me amaria nos dias difíceis e que também me manteria apaixonado por ela. Prometeu que me faria rir a cada vez que eu quisesse chorar, que me abraçaria se eu não quisesse nem chorar nem rir. Prometeu que respeitaria minhas emoções. Prometeu que seríamos muito mais do que um casal, que seríamos um do outro. Não porque tínhamos uma aliança, mas porque nós queríamos aquilo de verdade.

Quando o celebrante me permitiu beijar Nicki, depois da troca de alianças, eu a puxei e colei sua boca nos meus lábios, ouvindo os fogos de artifício do último casamento De La Vega da noite, sentindo que o fim da história parecia um começo, um começo tão doce quanto os lábios da minha esposa.

Nós andamos pelo tapete e fomos direto para a festa.

Uma hora mais tarde, eu ainda não podia acreditar que finalmente estávamos todos casados, com nossos filhos dançando, nossa família unida e todos os amigos da família se divertindo.

Em algum momento, perguntaram se teria uma dança De La Vega, a clássica dança de casamento, e eu estava pronto para tirar a camisa e sensualizar para o público, com o microfone contra os lábios, mas Laura tirou o microfone da minha mão e disse:

— Chega desses homens dançando. *Eu* quero dançar!

Fiquei completamente chocado quando Verónica me empurrou e me colocou em uma cadeira, ao lado de Hugo, Diego, Esteban e Andrés.

O ambiente ficou à meia-luz, e *Sexy Movimiento* começou a tocar.

— Não acredito nisso. — Esteban gargalhou quando Laura apareceu, fazendo um carinho na sua nuca e deslizando as mãos pelo seu corpo.

— *Puta madre,* como elas sabem a coreografia? — Andrés piscou, tonto, assim que Natalia rebolou suavemente.

— Talvez a gente tenha dançado muito. Cada vez que elas pediam, nós dançávamos. Acho que decoraram. E, se não me engano, Vick tem um vídeo da gente dançando. — Hugo engoliu em seco quando sua esposa apareceu.

— Elas estavam se preparando para o meu casamento com a Nicki? — perguntei, perplexo.

— Vocês são quentes e gostosos — Verónica falou no microfone. — Mas está na hora de morrerem um pouco por suas esposas. Sim, nós ensaiamos. Não fiquem tão chocados. A gente queria surpreender os De La Vega quando a hora chegasse. E chegou.

No começo, nós estávamos em um misto de achar divertido e sexy, mas a brincadeira acabou quando nossas *mujeres* vieram para o nosso colo e começaram a rebolar. Apertei a cintura de Nicki e umedeci os lábios.

— Nossos filhos estão vendo.

— Sua mãe tirou as crianças daqui. — Ela raspou os lábios nos meus, rebolando com mais força em cima do meu pau duro.

— Não me provoca porque você sabe que não tenho um pingo de vergonha de foder em público.

Verónica riu contra os meus lábios.

— Pelos velhos tempos? — Sua mão desceu, tocou o meu pau e eu grunhi.

— Não faz isso ou a gente vai traumatizar nossa família.

Nicki se sentou no meu colo e jogou a cabeça para trás, gargalhando. Minhas mãos foram para a sua bunda e mordi seu lábio inferior assim que ela voltou para me beijar.

— Vamos fazer mais filhos? — murmurei. — Quero muito, *dolcezza*.

— É? — sussurrou. — Quer?

— Quero.

— Vamos fugir?

Grunhi.

— Por favor.

Assim que a apresentação acabou e as luzes se apagaram, eu saí da cadeira, de mãos dadas com Nicki, pensando em fodê-la no primeiro canto escuro que encontrasse. Fomos para uma área externa deserta, o que me deu um pouco do gosto de aproveitar a minha *mujer* como fazíamos antes, sem pudor, sem vergonha, sem nada além da nossa vontade um pelo outro.

Nicki estava beijando minha boca enquanto eu a prensava contra uma parede; sinceramente eu nem sabia onde estávamos. Ela abaixou o zíper da minha calça, e levantou o vestido sexy de noiva, de modo que eu pudesse ter acesso a sua calcinha.

E, para minha surpresa, minha esposa estava sem nada.

— Você previu isso? — gemi, tocando-a e sentindo-a molhada.

— Eu torci por esse momento, é diferente. — Ela sorriu contra a minha boca. — Mas você não viu a melhor parte.

— O quê?

— Toca a minha coxa.

Junto à cinta-liga, havia uma... algema. *Puta madre.* Quase grunhi quando ela enfiou a mão do decote e puxou uma chave de lá, segurando-a, para que não perdêssemos.

— Eu vou te prender e arrancar um orgasmo de você, amor. Com força.

— Se for assim pelo resto das nossas vidas, vou ser a mulher mais feliz do mundo — gemeu, assim que a levei um pouco para o lado, onde achamos um portão, e prendi os pulsos de Nicki em uma das grades, colocando-as acima das nossas cabeças.

Não dei nem um segundo para levar um dos meus dedos para a sua boceta, de novo, confirmando uma segunda vez o quão escorregadia e pronta ela estava.

Foi o paraíso quando, de uma só vez, me enterrei no seu calor molhado, embora a porra da saia fosse estilo princesa e estivesse quase cobrindo nossos rostos. O vestido estava fazendo cócegas no meu nariz, e era uma péssima ideia o que estávamos fazendo, mas...

Eu teria rido, mas foda-se. Estava com muito tesão.

Comecei a fodê-la com vontade, beijando-a para calar seus gemidos, segurando seu rosto, enquanto ela não podia me tocar. Eu estava quase levando Nicki para um orgasmo, e ela estava gemendo muito forte.

Até que...

Ouvi uma voz masculina soltar um palavrão.

Tive que parar o que estávamos fazendo, porque tinha alguém ali.

Afastei meus lábios dos de Nicki, ela empurrou a saia para baixo do meu queixo, e eu lentamente tirei o pau de dentro dela.

Meus olhos foram direto para o padre.

Então finalmente entendi onde estávamos.

Do outro lado do resort havia uma divisão, o portão que escolhemos para transar. Onde não apenas o nosso casamento aconteceu do lado direito, mas vários casamentos estavam acontecendo do lado esquerdo. *Porra!*

Franzi o cenho e Nicki suspirou contra o meu rosto.

— O que foi?

— Tem um padre aqui — sussurrei.

Nicki começou a gargalhar e tampei sua boca, sorrindo contra a minha mão que a cobria.

— Ele vai nos ver — avisei.

Ela olhou para o homem além dos portões como pôde, toda contorcida.

E começou a rir de novo.

— *Dios*, fica quieta, Nicki — falei, mas eu estava sorrindo, e tirei a mão da sua boca.

— Dá para não falar de Deus enquanto está... você sabe?

Foi a minha vez de gargalhar.

O padre finalmente nos olhou.

— Me desculpa — pedi. — Eu só... nós acabamos de nos casar.

Talvez não tivéssemos mais a cara de pau de transar em público como tínhamos antes. Ou talvez até tivéssemos, porque eu continuava transando com Nicki em lugares com chance de sermos pegos.

Mas é diferente quando você se depara com um padre, certo?

Não tem como.

O homem estreitou os olhos para nós. O cabelo arrumado e a batina combinavam com sua fisionomia austera. Ele deveria ter uns quarenta e poucos anos.

Fechei o zíper da calça.

Então, ele desceu os olhos para algo que havia no gramado, uma área suficientemente iluminada.

A chave da algema.

Caída para o lado dele.

Impossível de eu pegar.

— Se você não se importar... — Abri um sorriso. — Poderia pegar a chave para nós?

Sem dizer uma palavra, ele se aproximou, tão calmo que parecia que não tinha pressa. Então, se curvou, pegou a chave, enfiou o braço na grade do portão e me entregou, afastando-se logo em seguida.

— Benção, padre — Nicki pediu, enquanto eu a libertava da algema.

Pressionei meus lábios.

— O que foi? Eu cresci em uma família católica — Nicki sussurrou, me criticando.

Balancei a cabeça em negativa, finalmente a soltando.

— Sinto muito pelo que o senhor viu — me apressei a pedir desculpas. — Nós fugimos da cerimônia. Quer dizer, já nos casamos. Somos *casados*. — Não sei por que quis me explicar.

— O senhor pode apenas me dar a sua benção ou eu vou achar que Deus está bravo comigo? Por favor?

O homem estreitou ainda mais os olhos.

— Deus te abençoe — disse, sem emoção alguma. Sem sorrir. Sem expressar qualquer traço de... qualquer coisa.

E começou a se afastar.

Assim que ele saiu, Nicki e eu gargalhamos tanto que caímos no chão.

Eu estava chorando de tanto rir e o céu estava estrelado sobre nossas cabeças, as poucas nuvens no céu nos permitindo ver a lua. Eu ri tanto que minha barriga doeu; era o tipo de história que eu tinha que contar para os meus *hermanos*.

Assim que conseguimos respirar, olhei para Verónica.

— Transar na frente de um padre é ousado, *corazón*. Até para nós.

Ela voltou a rir.

— E eu ainda pedi a benção. — Sorriu, com as bochechas coradas. — Posso transar com você daqui a uns vinte minutos? Quando eu conseguir recuperar o que resta da minha dignidade?

— Sim, meio que perdi o tesão quando vi o padre.

Minha esposa gargalhou de novo e nós entrelaçamos os dedos, respirando fundo.

— Estamos casados, Rhuan.

— Estamos. — Sorri, observando seu rosto lindo. — Meu coração está voando dentro do meu peito por sua causa.

— É? — Ela veio para cima de mim e me roubou um beijo. — Como se sente sendo o meu marido?

— Muito seu.

— Todo meu?

— É. — Beijei-a devagar. — Quer transar aqui?

— Acho que alguém pode nos ver.

— Não sendo um padre... — falei, e ela riu baixinho contra a minha boca.

— Ainda somos nós?

— Sempre seremos nós — prometi.

E fomos nós.

Do dia em que nos conhecemos até o para sempre.

Epílogo

Todo mundo está dançando ao luar.
Olive Klug — Dancing In The Moonlight

Hilda

— Tragam a câmera aqui! — exigi no meio da festa, enquanto reunia as crianças em uma área exclusiva para elas, onde a música não tocava alto, e tinha brinquedos e comidas gostosas.

Suas mães estavam dançando e seus pais morrendo de paixão. Era o que eu sempre quis para os De La Vega: amor e felicidade.

Eu ia garantir que a futura geração não me enrolasse do mesmo jeito.

O rapaz que gravou o casamento trouxe a câmera e eu me sentei em uma cadeira, com os meus netos ao chão, ao meu redor, sentindo um pouco de dor nas costas por ter arriscado dançar um pouco, mas não importava.

— Vocês viram como foi difícil casar os papais e as mamães de vocês, não é?

Todas as crianças assentiram, embora eu soubesse que não me entendiam de verdade. Por isso a gravação era tão importante!

— O que é casar? — Tadeo perguntou.

— É ser feliz para sempre — respondi como pude e fiz uma pausa. — Agora que todos estão casados, quero que prometam para a vovó Hilda. Repitam com a vovó, por favor. — Eu me endireitei e respirei fundo. Os rostinhos inocentes me olhavam enquanto eu sorria. E a câmera gravava. — Eu prometo não ter medo do amor.

— Eu prometo não ter medo do amor — disseram as vozes infantis.

— Eu prometo ser fiel às minhas emoções.

Eles me olharam como se não entendessem.

— Não é para entenderem agora, só quero que repitam com a vovó.

As crianças assentiram.

— Eu prometo ser fiel às minhas emoções, vovó — disseram em coro.

Sorri.

— Eu prometo escolher a minha felicidade levando em conta a felicidade do outro também — pedi.

E eles repetiram depois de eu ter que ensinar várias vezes e devagar.

— Eu prometo não machucar o coração de alguém e ser egoísta — falei. E estava radiante quando todos seguiram as minhas promessas. — Eu prometo que, se eu amar alguém e for a pessoa certa, vou me casar.

Camila franziu o cenho.

— Não sei se eu quero, vovó.

Fechei os olhos por alguns segundos.

— Você vai querer se casar quando a pessoa certa chegar — expliquei.

— O que é a pessoa certa? — Juliana questionou.

— Alguém que vai fazer o seu mundo feliz enquanto você faz o mundo da outra pessoa feliz. — Balancei a mão no ar. — Isso não importa agora. Eu quero que me prometam que vão se casar quando encontrarem o amor.

— Mas eu não quero me casar, vovó — Vinicius disse.

Ele tinha quatro anos. *Por Dios.*

— Você vai desejar quando se apaixonar.

— E se eu não me apaixonar? — Adrian, filho de Vick e Hugo, perguntou.

— Vocês vão se apaixonar porque são De La Vega. Só prometam para a vovó, por favor. Eu já estou velha, não posso enfrentar isso de novo. Vocês, meus tesouros, vão se casar quando o momento chegar. Daqui a trinta anos, talvez eu nem esteja aqui, mas preciso que me prometam. Repitam comigo. — Respirei fundo. — Eu prometo que, se eu amar alguém e for a pessoa certa, vou me casar.

Foi uma pausa dramática, talvez a pausa mais dramática da história da minha vida enquanto esperava as crianças dizerem.

Eu sabia que seriam tão teimosas quanto os pais.

Elas me olharam com dúvida, como se soubessem o significado de uma promessa. Estava no sangue delas. A palavra de um De La Vega era eterna.

Foi como música para os meus ouvidos o momento em que repetiram que iam se casar.

E se jogaram nos meus braços, apertando-me e quase me matando de felicidade e amor.

Tia-avó Angelita finalmente ia descansar em paz.

Queria os meus filhos e meus sobrinhos felizes, assim como os meus netos e todas as gerações que viriam.

Não era importante o papel assinado, embora eu quisesse demais que as meninas tivessem o sobrenome da família.

Era a promessa de amor feita com o coração.

O coração de um De La Vega que é capaz de amar além do tempo.

— O que está fazendo, amor? — perguntou o meu marido, Lorenzo, quando me viu com as crianças e o cinegrafista.

Eu dispensei o rapaz da câmera com a mão, enquanto me levantava e ajeitava o vestido. As crianças imediatamente saíram de perto de mim e foram para o alvo da próxima diversão, o avô. Ele riu enquanto se sentava no chão, e me lançava o mesmo olhar que tinha me seduzido décadas atrás.

Era essa a promessa que eu queria que os De La Vega fizessem.

E que eles não tivessem medo quando o amor batesse à porta.

— Estou bem. Só fiz as crianças prometerem que vão se casar.

Ele tirou Vinicius do colo enquanto me observava.

— Você sabe que a maldição não existe, certo? Sabe que o coração de um De La Vega pede por amor como a terra pede pela chuva? Sabe que os nossos meninos se apaixonariam independente de se casarem ou não, certo? E que se um deles não se apaixonasse, isso não amaldiçoaria toda a família?

— Eu sei, querido. — Fiz uma pausa. — Só quero que eles sejam tão felizes quanto nós somos.

Ele me deu um beijo suave na testa, fazendo todo o amor que eu sentia, mesmo depois de tantos anos, soar como a paixão da adolescência.

— Eles vão ser felizes — prometeu. — Eles vão ser felizes como o destino quiser. Para nós e para os meus irmãos, para os nossos meninos e suas garotas, para os nossos netos e por todo o futuro. Eles vão ser felizes porque a vida de um De La Vega se resume a encontrar o amor por acaso. Existe destino melhor do que esse?

— Não existe.

Não existia mesmo.

Amar e ser amada por um De La Vega era um presente.

O que me fez desejar, do fundo do coração, que todo mundo pudesse tropeçar e viver um amor tão infinito quanto o nosso.

FIM

Agradecimentos

Meus amores,

Vou reservar os meus agradecimentos para vocês desta vez, como se fosse uma carta que espero que converse com o coração de cada um.

Quando *Namorado por Acaso* foi lançado, eu não fazia ideia do que esperar dos meus leitores. Achava que vocês iam adorar aquela história leve, divertida e apaixonante, mas não sabia que por causa daquele livro seria possível continuar escrevendo. *Namorado por Acaso* foi, sem dúvida, o meu romance mais vendido, e seria impossível sem as divulgações de vocês, o apoio, o carinho e a fé na minha escrita.

Os De La Vega foram uma consequência do amor de VOCÊS. Só foi possível escrever sobre os primos do Alejandro Hugo porque vocês estiveram comigo desde 2019.

Então, obrigada por me tornarem uma escritora, por acreditarem a ponto de comprarem os meus livros, em formato físico ou digital, por divulgarem e indicarem para os amigos, por darem meus romances de presente e por sonharem com essas histórias.

Para mim, são mais do que romances, são a esperança que quero que vocês tenham. No amor, na família, nas relações humanas. Não somos nada sozinhos, mas somos tudo quando somos capazes de deixar o outro entrar.

Sejam vulneráveis, falem sobre as coisas difíceis também, exponham suas emoções, entendam a si mesmos e tenham empatia pelo outro. Sejam felizes, porque todos ao seu redor vão querer te ver no ápice da felicidade. Assim como eu quero. Se pudesse, colocava vocês dentro dessas histórias e os faria viverem o melhor amor do mundo. Mas como não posso, crio. Na esperança de que vocês absorvam um pouco do que está aqui e carreguem em seus corações.

Nos vemos na próxima aventura.

Com amor,

OS FILHOS DE LA VEGA

Diego e Elisa: *Juliana*

Hugo e Victoria: *Adrian*

Andrés e Natalia: *Tadeo*

Esteban e Laura: *Camila*

Rhuan e Nicki: *Vinicius e Soraya*

LEIA TODOS OS ROMANCES DOS DE LA VEGA:

MARIDOS POR *Acaso*

Editora Charme

Entre em nosso site e viaje no nosso mundo literário.
Lá você vai encontrar todos os nossos
títulos, autores, lançamentos e novidades.
Acesse www.editoracharme.com.br

Você pode adquirir os nossos livros na loja virtual:
loja.editoracharme.com.br

Além do site, você pode nos encontrar em nossas redes sociais.

https://www.facebook.com/editoracharme

https://twitter.com/editoracharme

http://instagram.com/editoracharme

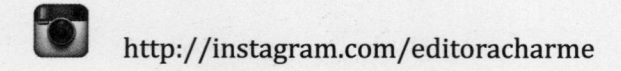

@editoracharme